猫の神さま❸

神さま不在の大熊あばれの巻

仲野ワタリ

時代小説文庫

角川春樹事務所

目次

猫の神さま ③

神さま不在の大態あばれの巻

一　瓦版

平生から人の往来が絶えない両国橋《りょうごくばし》が、今日はまた一段と賑《にぎ》わっていた。

大川《おおかわ》（隅田《すみだ》川《がわ》）の川面《かわも》を渡る風が、橋の上にいる代三郎《だいざぶろう》と於《お》巻《まき》の着物の裾《すそ》を揺らす。

風はそのまま両国側へと流れて、本所回向院《ほんじょえこういん》の境内《けいだい》に立っている「善無院《ぜんむいん》観音《かんのん》御開帳」の幟《のぼり》も揺らしていることだろう。

二人は、その回向院から出て来たばかりだった。

「観音さま、かわいかったねえ」

「かわいいっちゃかわいかったけど、みんなよくあんなものをありがたく拝むもんだな」

「だって、善無院の猫観音っていったら、本当なら信州《しんしゅう》でも二十年に一度しか見られないものだよ。それが江戸で拝めるんだからありがたいじゃないの」

代三郎と於巻が見てきたのは、信州善無院の出開帳仏だった。

回向院では、各地の秘仏を江戸の人々に触れてもらおうということで出開帳を盛んに行なっている。今月のそれは所有する寺院では二十年に一度しか開帳されないという猫観音であった。

本所ならば神田《かんだ》の猫手《ねこて》長屋からそう遠くないし、おもしろそうだから一目見ようと参拝してみれば、うやうやしく置かれていたのは思ったよりもずいぶんと小さい、雛《ひな》人形程度の観音さまだった。もちろん、顔だけは猫である。

なぜ猫なのかは、誰《だれ》も知らない。とにかく千年以上の歴史を持つ古刹に創建当時から伝わる秘仏ということで、人々に崇《あが》められているのだった。

「それにしても、顔を猫にされたんじゃお釈迦《しゃか》さまも気の毒ってもんだな」

「あら、案外お釈迦さまも猫に変化する力をお持ちだったかもしれないわよ。でなけりゃ、もともと猫だったとかね」

「お前はともかく、誰かさんたちと一緒にすんなよ。ますますお釈迦さまが気の毒だ」

於巻の言うことを否定しながら、しかし、内心では「あるかな」と思っている自分もいる。

どうもこの世の万物は、もとを辿《たど》ればすべてつながっているらしい。

ずいぶん前に、大猫《おおねこ》さまがこんなことを言っていた。

「ことに人と猫は出どころが一緒じゃからな。偉大な神ほど両者の顔を持つものじや」

　もっともらしいことに頷《うなず》きかけた代三郎だったが、「わしのようにな」と笑う大猫さまを見たらとたんに信じる気が失《う》せた。

「出どころってどこだよ？」

　そう訊《き》くと、大猫さまは西の方角を指差した。

「ずっとあっちじゃよ」

　ずっとあっちの西には、埃及《エジプト》とかいう国があって、そこには大猫さまたちの祖神がいるとかいないとか。人も猫も、その埃及とかいう国がある大陸で生まれたのだという。

　なんだかぴんとこない話だったが、どうもこの世というのはかなり広いらしいので、そういうこともあるのだろうなと、自分で自分を納得させたものだった。

「代三郎さん、うかない顔をしてなに考えてんの？」

　於巻が顔を覗《のぞ》き込んでくる。今日の於巻は楽しそうだ。茶屋を留守にして二人で出歩くなど滅多にない。猫観音は思ったほどありがたみはなかったけれど、於巻が楽しいならそれでいい。

「俺《おれ》はいつもこういう顔だろう」

頭によぎった大猫さまのことは忘れることにして、適当に返す。

「ねえ、あれ、三味線《しゃみせん》の音じゃない？」

橋を渡った先の広小路のどこからか、確かに三味線の音が聞こえてきた。

ただの音ではない。弦をかき鳴らす早弾きだった。ベンベンジャンジャンと、休むことなく音がつづいている。

「どこだ？」

少し遠くのようだ。人混みのせいで奏者の姿は見えない。

「千之丞《せんのじょう》さんかな？」

於巻が首を傾《かし》げる。江戸で早弾きを得意とする三味線奏者といえば、代三郎か、もしくはその友人で猿若町《さるわかちょう》の芝居《しばい》小屋で地方《じかた》をしている千之丞くらいなものだ。だが、この音は……。

「似ているけど、ちょっと違うな」

代三郎にもわからなかった。千之丞ならつい数日前も代三郎が大家をしている猫手長屋に遊びに来て合奏したばかりだ。音を間違えるはずがない。

「行ってみましょうよ」

於巻が代三郎の着流しの袖《そで》を引く。気になるので音が鳴る方へと足を向けたときだった。

「あ、やんだ」

「やんだな」

三味線の音がやんだ。とりあえず行ってみるかと音が鳴っていたあたりまで歩いてみたが、すでに奏者の姿はなかった。近くにいた蕎麦屋《そばや》の屋台の主人に訊いてみると、見かけぬ顔の若い男がしばらく三味線を鳴らしていたという。

「若い男？」

「ああ、でもおかしいんだ。別に誰からも銭をとろうとはしないんだよ。客寄せでもないみたいだし、なんだろうな、ありゃ？」

浅草《あさくさ》と並んで人で賑わう両国の広小路だ。どこに行ったか知れぬものを追いかけるのは難しかった。

「ま、縁がありゃ会えるだろう」

気にはなったが、そう自分を納得させた。

「代三郎さん、あの人だかりはなんだろう」

於巻が指差す方に、歩みをとめた人たちが群がっていた。

「瓦版《かわらばん》みたいだな」

「もらっとこうよ」

そう言うと、於巻は群衆の中に入っていた。

「まったく。ああいうとこは子どものままなんだよな」

いつもなら自分が逆に於巻に言われるような言葉が口から出た。

ふと、赤子だった頃《ころ》の於巻を思い出した。

「代三郎、今日からお前に妹分ができたよ」

そう言いながら、祖母の悦《えつ》が見せたのは生まれて間もない赤ん坊だった。六歳だった自分は目を丸くした。

「この赤ちゃん、どうしたの？　母上が産んだの？」

問いながら、いや、母上のおなかはちっとも大きくなかったぞ、と思い出した。

じゃあ、おばあちゃんが、とも思ったが、ますますあり得ないので口にもしなかった。

「ちょいとわけがあってね。あたしがもらって来たのさ」

赤ん坊は、乳母《うば》に呼ばれた近所の女に乳を与えられていた。女の子だという。

「名前はなんていうの？」

「於巻さ」

親がつけたのか。産着を着た赤ん坊にはすでに名がついていた。

「おーい、於巻」

近づいて、人差し指で鼻をつっくと、目を閉じていた赤ん坊が瞼《まぶた》を開いた。まだろくに見えてはいないはずだけど、大きな瞳《ひとみ》が代三郎の方を向いた。

かわいいな、と思った。

於巻のことは我が家の娘だと思ってかわいがるように。

家族に、祖母はそう言い渡したが、なぜか父や母が勧めても於巻を正式な養女とはせずに奉公人の身分に留め置いた。江戸のすぐ西の猫手村で名主をしている実家にとっては、娘が一人増えたところで育てる金子《きんす》にも食わせる米にも不足することはない。なのにである。

父や母によると、いずれは生家に返そうとしていたのではないか、とのことだった。

姉のたえはそうではなくこう言った。

「おばあ様は於巻を自分が手塩にかけて育てて、兄様たちか代三郎、あなたに娶《めと》らせようとしていたのかもしれないわよ」

真相は藪《やぶ》の中だ。

祖母ははっきりとした理由を言わぬまま、代三郎が十二歳、於巻が七歳のときに亡くなってしまった。

葬儀で、悲しくて泣きじゃくる代三郎に対し、於巻は終始落ち着いた様子でその隣に寄り添っていた。

「気丈な娘だな」

父は感心し、それからも頼りない三男坊のそばに於巻を置いた。

六年後、長兄の伝蔵《でんぞう》や次兄の盛平《もりへい》と折り合いの悪い代三郎を所有する神田の長屋の大家に出したときも、於巻にともをさせた。

まだ十三歳だった於巻は長屋の表店《おもてだな》である茶屋の看板娘として、大家の代三郎以上に近所の人々と親しくなった。よく働くし、よく笑う。人の世話も厭《いと》わない於巻は長屋の住人にも人気がある。自他ともに認めるぐうたら大家の代三郎には、なくてはならない存在だ。


「代三郎さん、また地震に熊だってさ」

於巻が群衆の中から戻ってきた。手には売り子から買ったばかりの瓦版があった。

「地震って、甲州《こうしゅう》街道筋のあれかい？　また起きたのか」

そう言って顔を覗かせてきたのは、代三郎ではなく茶屋の常連の佐《さ》ノ助《すけ》だった。どこからか代三郎と於巻を見つけて寄って来たらしい。

「あ、佐ノ助さん」

「どれどれ読ませておくれよ。なになに、今度は八王子《はちおうじ》だって？」

「佐ノ助さん。わたしが買ってきたんだよ。読むのはわたしが先」

「ケチくさいこと言わないでくれよ。今度、茶を奢《おご》るから」

「茶屋に茶を奢ってどうすんの」

「あはは、そうだな。え、地震だけじゃねえって？　熊が神社をぶっ壊した？　なんだよこの熊は、罰当たりな熊だな」

瓦版には熊が神社の本殿に乗っている様子が描かれている。鳥居は倒され、付近には逃げ惑う人たちがいる。

「でっけえ熊だなあ」

代三郎も覗き込む。熊は人の何倍もの大きさがあった。

「瓦版だからな。でっかく描《か》いているんだろうよ。俺は見世物小屋で熊を見たことあるけど、ここまで大きくはなかったよ。せいぜい人と同じかそれより低いくらいの背丈さ」

地震の話も熊の話も、聞くのは二度目だ。

先月、江戸から西に十数里離れた甲州街道に地震があった。規模はそれほど広い範囲ではなかったが、揺れの直撃した宿場や関所の被害は大きかった。多くの家屋が倒壊した。それだけでなく、地震とともになぜか熊も現われ、これが土地の神社を荒らしてまわったとのことだった。

「この間のあれと同じ熊かな」

於巻は関心があるようだった。

「なんで地震で熊が出てくるんだろうね」

「揺れに驚いて出てきたんだろうな。にしても、神社なんかぶっ壊してなんになるんだろうな。うまそうなものでも奉納していたのかな」

「それだよ代三郎さん」

佐ノ助がしたり顔で頷いた。

「熊のなかには山で木の実をとるよりも里に下りて人の作った物を食べた方がはやいって知っている横着者がいるんだろうよ。きっとこの熊もその類《たぐい》だ」

「ならいいけどな」

魔物が絡んでいなきゃ御の字だ。そんな思いから口をついた言葉だった。

「ならいいって、よくはないでしょ。地震に乗じて人里を襲うたあふてえ熊公だ。こんな熊はさっさと退治してももんじ屋にでも売っちまえばいいんだ」

江戸では最近、獣の肉を食わせるももんじ屋が流行《はや》っていた。滋養のある猪《いのしし》や鹿肉《しか》は、人によっては御仏《みほとけ》の教えにそむいても食べたくなるほどうまいという。なかには数は少ないものの熊肉が食べられる店もあるとかいう噂《うわさ》だった。

「はは。佐ノ助さんの言うとおりだね。そんな不届きな熊公は逆に喰《く》われちまうといいな」

笑いながら、代三郎は絵の隅にあるものに目をとめた。

「こりゃあ、三味線弾きかな?」

「ん? あ、本当だ」

逃げ惑う人たちの中に、一人、熊に向かって立っている人物がいる。その手には三味線があった。

「なんか書いてあるね」と於巻が文字を読んだ。

「熊は地震の揺れと三味線の音につられるように現われたかと思えば三味線の音とともに消えた、だって」

「なんだよそれ。そんなことあるわけないじゃないか」

熊を操る三味線弾きなどというのは聞いたことがない。猫を操る、ならともかく。

「どうせ瓦版のことだ。話をおもしろおかしくしようってんで適当な話をでっちあげているんだろうよ」

佐ノ助の言葉に「そんなとこだろうな」と代三郎は頷いた。

瓦版にはそれ以上のことは書いていなかった。

「代三郎さん、帰ろうか」

てっきりまだ町をぶらつくものだと思っていたのに、於巻は気が変わったようだった。

「ああ、喉《のど》も渇いたし、帰るとするか」

佐ノ助に挨拶《あいさつ》し、二人は神田の猫手長屋に戻った。

「あら、もう帰ったの。観音さまは拝めたのかい？」

於巻にかわって茶屋の店番をしてくれていたおとよが、早い帰りに意外そうな顔をした。おとよは大勢いる長屋のおかみさんたちの一人だ。

「ああ。広小路をぶらつこうかと思っていたんだけど、人が多くて疲れちまってね」

代三郎は言いながら、縁台に腰を下ろした。

「どこ行ったって人は多いでしょう。たまには於巻ちゃんに息抜きさせてあげればよかったのに」

「十分なったわよ。おとよさんも夕餉《ゆうげ》の支度があるでしょうに、ありがとう」

「夕餉の支度なら、旦那《だんな》にもらった銭で子どもらに天ぷらを買いに行かせたわ」

おとよは代三郎と於巻に茶を出すと、自分の長屋に戻って行った。

「おい、栗坊《くりぼう》」

茶屋に誰もいなくなったところで、代三郎は店の隅でまるくなって寝ている茶トラの猫に声をかけた。

声に、猫が閉じていた瞼を開いた。

「なんだい？」

返事をしたのは、猫から人間に変化した童子だった。歳《とし》の頃は十二、三歳。水干装束《すいかんしょうぞく》の裾をたくしあげた姿は、どこかの神社の見習い神職のように見える。

「これを読んでみろ」

代三郎は童子の栗坊に瓦版を渡した。「どう思う？」と於巻が訊いた。

「熊が暴れたかー。秋や春はけっこうあるよね」

栗坊は呑気《のんき》な顔で瓦版の絵を見ている。

「なんだかまるで三味線弾きが呼び寄せたみたいなことを書いてあるね」

「呼び寄せただけじゃない。追っ払ったみたいなことも書いてあるだろう」

「そんなことができるとしたら代三郎くらいじゃないの」

代三郎が他の三味線弾きと違う点、それはその三味線の音に邪力を跳ね返す力があるところだ。かつて大猫さまに授けられたその力は、矛である栗坊と一体化することで世にはびこる魔物を退治する。

「俺の三味線は獣にゃ通じないだろう」

「魔物だとしたら？」

そう問う栗坊に、於巻が「やっぱり」と言った。

「なんか匂《にお》うのよね。その瓦版。熊がわざわざ神社を壊したりするかな」

「そりゃ俺だって不思議さ。まあ、本当は地震で鳥居が倒れたかなんかしただけじゃないのか。いずれにせよ八王子の話だからな」

「江戸じゃなければ自分には関係ないっての？」

「とは言わないさ。が、あっちにゃあっちの魔物退治がいるんじゃないか」

魔物退治として代三郎が護《まも》っているのは江戸とその周辺、一、二里（約四〜八キロメートル）の範囲だ。正確にどこまでとは決まっていないが、それにしても八王子は少し離れている。

「どうなんだろう。たとえ魔物が絡んでいなくても、地震で弱ったところに襲ってくるだなんて、こんな熊は困るよね」

そう言う栗坊に、「あのなあ」と代三郎はあきらめたように返した。

「こんなおかしな熊、魔物が絡んでいなきゃおかしいだろ」

「なんだ」と栗坊が笑った。

「なあんだ」と於巻も口元を綻《ほころ》ばせた。

「代三郎さんも、魔物の仕業だと思っていたんじゃない」

「この瓦版に書いてあることが本当だとしたら、の話だぞ。近頃の瓦版はどうも大げさなんだよ。売りたいからって、ありもしなかったことをさもそうであったかのように書くやつが多すぎるんだ」

「でも、神社が壊されたのは本当じゃないかな」

栗坊が店の奥の小座敷の上にある神棚を仰いだ。そこには大猫さまの化身の招き猫の置物が置いてある。

「ねえ、大猫さま」

栗坊の問いかけに、招き猫の置物がわずかに揺れたように見えた。

「聞いちゃいねえだろ。あのじいさん、いまは留守だぞ」

郷神である大猫さまは、ふだんは江戸の朱引のすぐ西にある猫手村にいる。だが今月は神無月《かんなづき》だ。神の世か、でなければそこだけは「神在月《かみありづき》」の出雲《いずも》大社にでも行っているはずだった。大猫さまによれば、「神無月なんてものはいつからか人間が勝手に言い出したもの」なのだそうだが、「ちょうどいいのでわしらも休みをもらっているのじゃ」という。

「この熊はどっちだろう。魔物なのか、それとも魔物に操られている使い魔なのか」

瓦版の絵を矯《た》めつ眇《すが》めつ眺めながら栗坊が言う。

「気になるわね」

於巻は冷めてしまった茶を飲むと、「さて」と立ち上がった。

「夕餉の支度、するわ」

なんにせよ、ここはもう少し様子を見るべきところだった。

二　三味線弾き

「おーい。毎日寝てばかりのぐうたら大家はどこにいるのかなー」

とぼけた声が茶屋の外から聞こえた。

「ここにいるよ」

仕切りにしている葦簀《よしず》の向こうから顔を覗かせた代三郎に、声の主が「おっ」とのけぞった。

「代三郎が店番かよ。珍しいこともあるもんだ」

三味線仲間の千之丞だった。

「於巻が使いに出ていてね」

「茶、飲ませてくれるかい」

歩いてきて喉が渇いているのだろう。千之丞の目は店の真ん中にある真鍮《しんちゅう》の釜《かま》に向いていた。

「そっちのはさっき水を入れたばかりさ。こっちにいい加減のがあるからちょっと待っててくんな」

答えながら、代三郎は「そっちのお方は？」と訊いた。

千之丞の横に、見たことのない若い男がいる。代三郎に似た散切り頭で、手には三味線用の長箱があった。

「こちらは吉十郎《きちじゅうろう》さん。小原《おばら》宿から来た三味線の師匠だよ」

千之丞の紹介に、吉十郎と呼ばれた男が頭を下げた。

「はじめまして。吉十郎と申します」

「代三郎です」

小原宿か。相州《そうしゅう》にある甲州街道の宿場だったかなと思い出した。

「千さん、今日は興行はないのかい？」

「休みだよ。今日はお前に吉十郎さんを紹介しようと思ってな、来たんだ」

言いながら、千之丞も持っていた長箱を縁台の上に置いてその横に腰を下ろした。

吉十郎もそれにならった。

「そりゃそりゃ。まあ、まずい茶でも飲んでってくださいな」

へっついの上にある茶釜の茶を椀《わん》に注ぐ。少し熱いので椀から椀へ注ぎ直して温度を下げてから湯のみに移して盆に載せた。運ばれた茶を口に含んだ吉十郎は「むっ」と唸《うな》った。

「これはうまい！」

「うん。あいかわらずいい味だな」

千之丞も夢でも見るように瞼を閉じてうっとりしている。

代三郎の茶屋で出している茶はすべて故郷の猫手村で栽培した茶葉で作られている。特徴は旨味《うまみ》が強いことだ。ことにぬるくなってからの味わいは良質の昆布だしに似ている。

「わたしのような田舎者《いなかもの》には驚くような味です。さすがは江戸だ」

世辞ではあるまい。吉十郎は心から感心しているようだった。

「だろう。この猫手茶は大名家にも献上しているっていう名茶なのさ」

千之丞は自分のことのように自慢している。

「作っているのは兄たちです。俺はただ売っているだけです」

で、と代三郎は吉十郎の長箱を見た。

「吉十郎さんも三味線弾きなんですね」

「ええ。千之丞さんは師匠などと言ってくださいましたが、ただの素人芸です」

「宿場で三味線を？」

「本陣などで余興に少し」

「そりゃすごい。それこそどこかのお殿様相手に鳴らしているんじゃないですか」

「そんな機会もないことはございません」

「江戸には何か御用があって来られたのですか」

「親類を訪ねました。せっかくだからと猿若町で芝居を見ましてね。そこで千之丞さんの三味線に心を動かされ……」

「よしとくれ。俺の方こそ吉十郎さんの三味線にゃぶったまげたんだから」

千之丞は笑いながら「代三郎」と呼んだ。

「うん？」

「聴かせてもらいな。吉十郎さんの三味線を。お前に聴いてほしくて来てもらったんだ」

もちろん、興味はある。

「こんなところでよければぜひ」と頼んだ。

「では」

吉十郎が長箱から三味線を取り出した。弦を軽く調整し、撥《ばち》を持つ。

三味線の音が茶屋に響いた。往来を歩く人々が足をとめた。

「こりゃあ……」

驚く代三郎に、千之丞が「どうよ」と笑ってみせた。

響いていたのは、即興だろうか、代三郎も得意とする早弾きだった。

上下する撥が奏《かな》でる音に、代三郎はいったん縁台に下ろしていた腰を上げた。

「この音は」

聴き覚えのある音だった。吉十郎が手をとめるのを待って尋ねた。

「吉十郎さん、三日前に両国の広小路で三味線を弾いちゃいませんでしたか？」

「弾いていました」

吉十郎はあっさり認めた。「やっぱり」と代三郎は言った。

「長箱を持ってぶらついていましたら、近所の子らに、兄さん、三味線弾きなのかいとつかまりましてね。聴かせてくれとせがまれて、つい鳴らしてみたら、人だかりとなってしまいまして」

「そりゃあそうでしょう」

「興が乗ったので早弾きをしていたら、あのあたりの親分さんとその下の方たちかな、粋《いき》な男衆に、兄さん、誰にことわって弾いているんだいと問われまして……」

「ああ、なるほど」

「いやいや。銭目当てで弾いているんじゃございませんと、それで終わらせました」

「惜しかったな。俺もあの日は回向院の出開帳の帰りに広小路を歩いていたんですよ。そうしたら、千さんのとはまた違う早弾きの音がしたんで行ってみたんです。でもそのときにはもう音が止《や》んでいてね。そうか、吉十郎さんだったんですか」

ところで、と気になったことを尋ねた。

「その早弾きはどこで覚えたんですか」

意外な問いだったのか、一拍間を置いて、吉十郎は答えた。

「師匠が……いや師匠というには憚《はばか》られるものがあるのですが、童《わらべ》だった頃、わたしに三味線の手ほどきをしてくださった方が早弾きを得手とする方で、まあ、真似《まね》をしてみたところ、癖になってしまったといいますか」

「俺と似たようなものですね。そんな下品な弾き方などと叱《しか》られながらもついやってしまうんです」

代三郎が言うと、吉十郎は「そうそう」と思い出したかのように話を変えた。

「代三郎さんも早弾きをなさるとか。千之丞さんから聞きまして、それでぜひお会いしたいと思ったのですよ」

「なるほどね。俺なんか会ってどうというものでもありませんが」

茶を飲んでいた千之丞が「いやいや」と話に加わった。

「吉十郎さんが俺の舞台を見て、楽屋を訪ねて来たのさ。早弾きのおかげで芝居がよけいに楽しかったと。さすがは江戸の三味線だって。あんまり褒《ほ》められてばかりで逆に居心地が悪くなっちまってさ。実はこの早弾きは友人に教わったものなんですよって白状したのさ。そうしたら、そのご友人にもぜひお会いしたいと吉十郎さんが言うんだよ。まあ、でも、びっくりしたな。吉十郎さんも三味線弾きだっていうんで聴かせてもらったら、たいした撥さばきでさ。正直、俺なんかとても及ばないよ」

「道村座《みちむらざ》の楽屋で弾いてもらったのかい？」

「ああ。座元がえらく感じ入ってね。俺は危なくお払い箱さ。千之丞、明日からこの人に舞台はまかせるからお前は客の呼び込みでもしてろときたもんだ」

「さっきのを聴けば、まあ、無理もないかな」

吉十郎はどれほどの腕を持っているのか。少なくとも自分と同等の技術は持っていそうだった。その証拠に、いまだに耳に余韻が残っている。

「無理もないって、ひでえなあ。吉十郎さんが断ってくれたから首はつながったけどさ」

「嘘《うそ》だよ。座元も冗談で言ったんだろ。千さんは道村座にゃなくてはならない人だよ」

しかし、それはともかく、吉十郎の演奏は見事だった。ただ乱暴にかき鳴らしているのではない。響かせるところは響かせる、短く切るところは短く切る、素早い指さばきのすべてが正確だった。

いや、細かいことはともかくとしてだ。

血が騒いだ。

こんなのを聴かされたんじゃじっとしていられない。

代三郎の思いを感じたのか、吉十郎が「どうです？」と誘ってきた。

「一緒に弾きませんか。もちろん、千之丞さんも」

断る理由はない。

「いいですね」

ちょっと待っててください、と店の奥の居間に三味線を取りに行った。

短い廊下を伝って居間まで行くと、往来の喧騒《けんそう》も薄くなる。そのかわり聞こえてくるのは長屋の住人たちのしゃべり声や物音だ。

もっとも、昼餉《ひるげ》も済んだこの時間は静かなものだ。

居間の畳の上には猫が一匹に童が一人寝転がっていた。どちらも昼寝を決め込んでいるようだ。

「ん？」

童が目を覚ました。禿《かむろ》の頭に大きめの兵児帯《へこおび》を締めた童は、長屋に住む座敷わらしの三太《さんた》だった。

「あ、悪い。起こしちまったか」

代三郎の声に、寝ていた栗坊もうっすらと目を開けた。

「栗坊としりとりをしていたらいつの間にか寝ちゃったよ」

三太は身を起こすと「ふわ〜」とあくびをした。

「しりとりって、ニャアしか言わないだろ」

「いいや。さっきまで栗坊も童だったよ」

「大事な話でもしていたのか？」

魔物と対峙《たいじ》するときを除けば、栗坊が人の姿になるときは何かを人の言葉で伝えねばならないときか、その姿であることが必要なときだけだった。

「いいや。俺、暇だったから戸を開けたら栗坊がまるくなっていたからさ、栗坊、遊ぼうよって呼んだら、パッと人になって、じゃあ、しりとりでもしようって言ってきたのさ」

「のんきなもんだな。だったら店を手伝ってくれりゃいいのに」

ふたたび目を閉じた栗坊を睨《にら》むと、視線を感じたのか猫は小さく「ニャア」と鳴いた。

「お前に言われたくないってさ」と三太が笑った。

「三味線の音は聴いたか」

「ああ、鳴ってたね。栗坊もまだ起きていて、じっと聴いていたよ」

「なんか言ってたか？」

「代三郎の音じゃないって」

「俺の三味線はここにあるもんな」

代三郎は箪笥《たんす》の上にのせてあった三味線を手にとった。

「栗坊は音色だけでわかったみたいだよ」

「そりゃあ、わからないわけないだろ」

「三味線持ってどこ行くの？」

「どこも行かないさ。店で弾くだけ」

「ふーん」

たいして興味もないらしく、三太はまたごろりと横になった。この座敷わらしは、いつも長屋の誰かの家でこうしてごろごろしているのだった。もっとも、それが見えるのは代三郎と於巻、それに栗坊くらいなものだったが。

茶屋に三味線の音が響き始めたのは、代三郎が戻ると同時だった。我慢できずに廊下を歩くうちから音をたてていたら、それに合わせて吉十郎と千之丞が弦を弾き始めたのである。

三味線三つ、合わせて九本の弦が鳴らす音に、またもや道ゆく人たちの足が止まった。

空気が震える。弦が発する音が波動となって人々を包む。

長唄《ながうた》ではない。義太夫《ぎだゆう》とも違う。聴いていて思わず走り出したくなるような早弾きだ。

代三郎が廊下で鳴らしたのは、千之丞が普段道村座で弾いている忠臣蔵《ちゅうしんぐら》十一段に合わせた曲だ。

十一段といえば『忠臣蔵』の中でも見せ場中の見せ場、高家《こうけ》討ち入りの場面だ。大立ち回りにぴったりの早弾きで、最近では曲に引っ張られるように役者たちの動きも速くなり、それが観客の人気を呼んでいるという。もともとは代三郎が道村座に客寄せの助っ人で呼ばれて始めた演奏だが、いまでは座付奏者の千之丞がしっかりと後を継いでいる。

吉十郎は道村座の芝居小屋でその早弾きを聴いて、千之丞を訪ねた。

つまり、一回はその演奏を聴いたわけだ。逆に言うと一回だけだ。

それなのに、吉十郎はもとから自分のものであったかのように代三郎と千之丞の音についてくる。

早弾きなのに余韻がある。その余韻が消えぬうちに次の音が鳴る。

〈こいつは本物だな〉

弾きながら、代三郎は思った。

〈この吉十郎って人は、ずっと前からこういう音を鳴らしてきたんだな〉

でなければ、ついてはこられないはずだ。

〈だけど、なんのために？〉

ふと疑問がよぎった。

千之丞は芝居のために代三郎から早弾きを学んだ。だが相州の宿場でこんな音が必要とされるのか。新しいもの好きが多い江戸だから受け入れられる早弾きだけど、それでも本流の三味線芸から見れば邪道も邪道、言っちゃなんだが他国でこんな侘《わ》びも寂《さ》びもない音が喜ばれるとは思えない。

よけいな考えは、すぐに吹き飛んだ。

千之丞と吉十郎、二人の顔を見る。

二人とも笑みを浮かべている。

その二人に頷いて合図を送る。

弾いている三味線の棹《さお》を上へと持っていく。道村座でいつもそうしていたように、胴を顔の位置まで持ってきたところで「ベン！」とひぐらしの音のようにつづいていた早弾きを止める。

鳴り終わった三味線の音に「いよっ！」と外から声がかかった。

「いいぞっ！」

「猫手屋！」

通りはやんやの喝采《かっさい》だった。知っている顔も知らない顔も、即興の三味線演奏に喜んでいた。

「ふう」と息をついた代三郎は、吉十郎に「さすがですね」と声をかけた。

「そちらこそ」

吉十郎も肩で息をしていた。

その横で千之丞は湯のみをあおっていた。ごっくんと一息で茶を飲み干したかと思ったら「おい」と言った。

「おいおいおい、二人とも勘弁してくれよ。手がもげるかと思ったぞ。あと少しつづいていたら俺はぶっ倒れていたね」

確かに、いつもより気合いが入っていたかもしれない。音と音の間も一層短かった。

「あはは。千さんと吉十郎さんに引っ張られちまってね」

「なに言ってんだ。俺はついていくのがやっとだったよ」

「わたしも代三郎さんと千之丞さんに引っ張ってもらいました。いや、引っ張られたというより、押されたと言ったほうがいいですかね」

「そうですね。押された感じですね。押されて、どんどん前のめりになっていった」

振り返って笑う代三郎に、吉十郎も「ははは」と笑った。

「愉快でした。こんなにおもしろい三味線はそうはない。やはりお会いできてよかった」

「こちらこそ。千さんもいい人を連れてきてくれたもんだ」

「代三郎さんは、どこでこの早弾きを嗜《たしな》まれたのですか」

「癖ですよ。三味線は子どもの頃に祖母に習ったんです。祖母はまともな弾き方を教えてくれたんですけどね。俺がいつの間にか早弾きなんかするものだから呆《あき》れられてしまって、だったら好きにおやりと。そんなこんなで、まあ、こういうざまなわけです」

「なるほど。わたしはそれでいいと思います。三味線は、もっと自由であるべきだと思うのです」

「自由？」

「思うがままに弾いてよいのではないかと」

聞いていて嬉《うれ》しくなる言葉だった。それならいつも自分はやっている。

「そうだ。これを」

吉十郎が長箱から出したのは包みだった。中から鼈甲《べっこう》でできた撥が出てきた。包みは三つあった。

「おう、こりゃ見事な撥だな」

千之丞が覗き込んだ。

「職人に注文していたものがやっとできましてね。親類に会いがてら受け取りに行ったのです」

できたての撥は、見事な光沢を放っていた。黒から琥珀《こはく》色へと渦を巻くような模様も見ていて惚《ほ》れ惚《ぼ》れする。

「お二人に差し上げたいと思います。一つずつどうぞ」

意外な申し出に驚いた。

「なに言っているんですか。こんな立派なもの、もらえませんよ」

「そうだよ、吉十郎さん。自分のために作ったんでしょう」

遠慮する代三郎と千之丞に「いえ」と吉十郎は微笑《ほほえ》んだ。

「受け取っていただきたいのです。三つ作ったのは、江戸には滅多に来ないからです。しかし、お二人と知り合えて考えが変わりました。これからも江戸にはちょくちょく来ることにします。そのときにまたご一緒していただければ嬉しいのです」

「ならば、買い取りましょう」

鼈甲は贅沢品《ぜいたくひん》だ。さすがにただではもらえない。

だが、吉十郎は「銭は要りませぬ」の一点張りだった。

「またともに弾きたいという願いが叶《かな》えばいいのです」

「って、おっしゃっているんだし、代三郎、もらっておこうか」

贔屓《ひいき》にしてくれている客から祝儀だのなんだのを受け取ることに慣れている千之丞は、もらう気になったようだった。

「だったら……」

自分にできることといえば、茶をふるまうことくらいだ。

「うまい茶があります。飲んで行ってください」

「もういただいています」

答える吉十郎に、代三郎はニッと笑った。

「とっておきのを出してきますから」

奥の戸棚から三碧露《さんぺきろ》を出して入れた。猫手村特産の碧《あお》い茶だった。色が珍しいだけでなく、味もまた絶品だ。

「こ、この茶はなんですか？」

ひと口飲んだ吉十郎は目を丸くした。

「どうです。うまいでしょう。やあ、俺までご相伴に与《あず》かっちまった。幸せだなあ」

千之丞がうっとりした顔で説明した。代三郎の故郷の猫手村は江戸近郷でも有数の茶の産地で、なかでも最高級のこの三碧露はたった三本の木からしかとれぬのだと。

「そのような貴重な茶を、わたしのために……」

「せめてもの礼ですよ」と代三郎は急須《きゅうす》の中の茶を吉三郎の湯のみに足した。

「ときに、小原宿から来られたっていいましたよね」

小原宿といえば甲州街道だ。八王子とは峠《とうげ》を挟んで、そう遠くないところにある。

「ええ」

「このところ、あっちは地震やら熊の害が多いって聞いていますが」

「そうなんです。こう地震がつづくといつ山崩れが起きるか、郷《さと》の者たちは案じております」

「八王子じゃ神社が熊に襲われたとか」

「ええ。地震の揺れならともかく、まさか熊が神社の社殿を壊してしまうとは……」

八王子の向こうから来た吉十郎が言うのだから、瓦版に書いてあったことは嘘ではないらしい。

「大丈夫だよ。そんな罰当たりな熊にゃきっと天罰が下るさ」

千之丞はさほど深刻には考えていないようだ。千之丞だけではない。江戸の人間から見れば八王子は遠い。しょせんは他人事《ひとごと》なのだろう。

しばらくの談笑ののち、千之丞は猿若町の自分の家に、吉十郎もその近くにあるという親戚《しんせき》の家に帰って行った。

入れ替わるように於巻が用から戻って来たので、代三郎は三味線をしまいに居間に引っ込んだ。寝ていた栗坊が目を覚ました。三太は外に行ったらしく姿はない。

「その撥、どうしたの？」

言葉を発したときには、栗坊はもう童子の姿になっていた。目は代三郎の手にある撥に向けられていた。

「めざといな。客人にもらったんだよ」

「あの三味線を弾いていた人だね」

「ご名答」

「いい音を出す人だよね。代三郎ものっていたね」

「なんだ、聴いていたのか」

「そりゃ、あれだけ盛大にやっていればさ」

見せて、と請われて撥を渡した。

「きれいだね。いつも使っている木の撥とは肌触りが違う」

鼈甲独特の濃淡のある琥珀色を栗坊の指がなぞった。

「そうだ。これ、魔物退治で使えるように神棚に置いといたら？」

神棚からは大猫さまの霊気が放たれている。道具類などをしばらくそこに置いておくと神力が宿るのだった。

「そうするか」

さっそく店に戻って神棚に撥を置いた。茶屋は代三郎が店番をしているときと違って、於巻目当てなのか、いつの間にか客で賑わっていた。

次の朝、二階で寝ていた代三郎は於巻の声で起こされた。

「代三郎さん、神棚がたいへん！」

「どうしたんだよ」

寝ぼけまなこでまだ開いていない店に下りてみれば、そこには童子の栗坊もいた。

「代三郎、割れちゃったよ」

栗坊が持っていた招き猫を見せた。額から腹のあたりまできれいにひびが入っていた。

「ありゃりゃ、落としでもしたか？」

「ぼくは知らない」

「わたしもよ」

「なんてこった」

招き猫は大猫さまの化身だ。かりに落ちてもやすやす割れるはずがなかった。

「縁起でもないわね」と於巻が不安そうに顔をしかめる。

「ぼくが撥なんか置こうって言ったからかな。撥に神力が宿ったかわりに、招き猫が割れたのかも」

栗坊が神棚を見上げる。そこには鼈甲の撥が置いてある。

「だとしたら、そう悪いことでもないだろう。撥に神力が宿ったんだから」

そう話す代三郎に、於巻が「わたしにはわかんないよ」と首を振った。

「俺だってわかんないよ。でも、そうとでも考えた方がいいだろう。だいたい大猫さまが悪いんだよ。どうせ神無月でどっかでうかれて遊んでやがるんだ。主《あるじ》がぐうたらしているから、化身もふぬけちまってこんなことになるんだ」

「どの口が言っているんだろう」

　栗坊が笑った。

「まったくね」

　於巻もやっとそこで笑顔になった。

三　夢

「初吉《はつきち》親方、聞いたかい。布田《ふだ》宿にも熊揺れが起きたそうですよ。天神社があとかたもなくぶっ壊されたってよ」

「なに？　とうとう布田がやられたか」

「親方、布田ってのはどこにあんだい。俺は甲州筋には疎《うと》いんだ」

「なんだ佐ノ助、お前、知らねえで話していたのか。布田っちゃあ布田だよ」

「そうか。布田っちゃあ布田か」

代三郎の茶屋の縁台で湯のみ片手に喋《しゃべ》っている佐ノ助と初吉を、そばでやはり茶を飲んでいた清吉《せいきち》が「お二人さん」と呼んだ。

「布田ってのは日本橋《にほんばし》からだと五里か六里ってところよ。内藤新宿《ないとうしんじゅく》、高井戸《たかいど》宿といって、その次だよ。細かく分けると布田五宿っていって、五つの宿場がある。それを総じて布田宿って呼んでんだ」

「そうそう。清吉の言うとおりだ。五里だ。高井戸の次だ」

「親方、清吉さんに言われるまで布田がどこかわかっていなかったろ」

「うるせえな。お前もそうかと納得していたじゃねえかよ」

初吉は笑ってごまかすと、むすっとした顔で言った。

「それにしてもなんなんだい。この間は日野《ひの》宿やら府中《ふちゅう》宿やらがやられたろ。その前は八王子だ。って、清吉よ、おい、これってだんだん江戸に近づいてきたってことじゃねえのか」

「そうだよ。そんなことにも気が付かねえで話していたのかい」

「はははは。親方には困ったもんだ」

「うるせえな。佐ノ助、お前にだけは言われたくねえ」

あれから半月ばかり。先日、八王子を襲った地震はおさまってはいなかった。

それどころか、まるで江戸を目指すかのように、東へ東へと場所を変えながら揺れを繰り返している。豆州《ずしゅう》あたりではこうしたしつこく繰り返す地震は何十年かに一度あるというが、甲州街道筋では珍しかった。

もっとも、人々の関心は地震以上に熊にあった。

八王子宿に出た熊は、日野宿にも府中宿にも出た。どちらの宿場でも、なぜかわからぬが地震とともに現われては暴れ、何処《どこ》かへと消える。このため、人々はこの地震を「熊揺れ」と呼ぶようになっていた。

銭屋（両替商）に雇われている佐ノ助に、石屋の親方の初吉、それに猫手長屋の住人で大工の清吉、茶屋の常連客たちの世間話も今日はこのことばかりだ。

店のいちばん奥の小座敷に寝転がりながら、代三郎は客たちの話を聞いていた。その脇《わき》で、三太と栗坊が昼寝をしていた。

「熊公のやつ、許せねえな。せっかく建てた社《やしろ》をぶっ壊すだなんてよ。俺が退治してかんな屑《くず》にでもしてやろうかい」

大工の清吉には建物が襲われていることが腹に据えかねているらしい。

「よしとけ。聞くところによると身の丈が三間（約五メートル半）もあるっていう化け物熊だっていうじゃねえか」

「ははは。初吉よ、うわさを真に受けてんのかい。鯨《くじら》じゃあるめえし、そんなばかでけえ熊がいてたまるかい」

「まあ、俺も三間は大げさだと思うけどよ。そう見えるくらいでかい熊ってことだろう。とても素手じゃかなわねえな」

「だろうな。それにしても、そんなでかい熊なのに見つからないってんだろ。そこが解せねえんだよな」

「それだよ、それ。お上も手を焼いているって話じゃないですか」

佐ノ助も言うように、繰り返される熊の害に、とうとうお上も動き出していた。地震はさすがに止められないが熊ならなんとかなるだろうと、甲州街道周辺に人数を配置して熊狩りをしているが、目当ての大熊はいっこうに見つからない。そのくせ、隙《すき》をついたかのように現われてはやりたい放題やっていくのだから、なんだか人をからかっているかのようにも思えるのだった。

うわさでは、甲州街道はすっかり人の往来が途絶えてしまって、周辺の村々からも逃げ出す人々があとを絶たないという。

「やっぱ、なんかの祟りじゃないですかね。日野宿でも府中宿でも神社がぶっ壊されたって話だし」

「佐ノ助よ、なんの祟りだよ。神さまに喧嘩《けんか》を売ろうってやつがいるってことか」

清吉は「まったく解せねえ」と首を捻《ひね》った。

「もののけかあやかしか、なんかそんな連中が熊に化けて地震を起こしているのかもしれねえぞ」

初吉が言った。

「でなきゃよ、神さまと仏さまが喧嘩を始めたとかよ。伴天連《バテレン》みてえな連中が祈禱《きとう》で熊を操っているとかよ」

「おや初吉、おめえさん、石屋の石頭のくせに意外と考えるねえ」

「なに言ってやがる、この金槌頭《かなづち》が」

小座敷まで聞こえてくる冗談を、しかし代三郎は笑い飛ばすことができなかった。

〈こりゃ、やっぱり魔物かな〉

神社ばかりが、しかも甲州街道筋のものだけが次々に狙《ねら》われているのだ。そこにはなにか理由があるはずだった。

「おっとうのやつ、仕事にも行かねえで熊揺れ談義に首つっこんでやがる」

代三郎のとなりでごろ寝をしている三太が清吉を見て言った。

三太はいまは座敷わらしだが、もともとは清吉の息子だった。子どものうちに死んでしまったのが、仏の慈悲でこうして長屋に居着く座敷わらしに転生したのだった。

立ち上がった三太は、つかつかと父親の後ろまで歩いて行くと、剃《そ》るのを怠けてうっすらと毛が生えていた月代《さかやき》をペン！とはたいた。

「このろくでなし。おっかあは裏で洗濯しているっつうのに、そろそろ仕事に行け！」

はたかれた清吉は「あれっ」と頭を撫《な》でていた。

「なんかいま頭を叩《たた》かれた気がしたんだけどな」

キョロキョロするが、清吉に三太は見えていない。精霊である座敷わらしは、普通は人には見えないし、見えていても別のものに映るのが常だった。

「旦那、俺の頭になんか投げたりしましたかい？」

訊かれて代三郎は「いいや」とのんびりした声で答えた。となりでは三太がニヤニヤ笑っていた。見えているのは代三郎と於巻だけだ。

「あはは。清吉、怠けてねえで働けって神さまが言ってんじゃねえのかい」

「初吉、おめえこそ仕事に戻れよ」

「どれ、そうするか」

「俺も行きますかね」

「どれ」

三人が立ち上がり、「於巻ちゃん、ごちそうさん」と釜のそばにいた於巻に挨拶をした。

「はーい、またね」

　常連たちがいなくなったところで於巻が寄ってきた。

「どう思う？」

「魔物だね」と答えたのは童子に変じた栗坊だった。

「宿場ごとに社を襲っている。ただの熊がそんなことをするわけないよ。地震だって
そいつが魔力で起こしているんだ」

「布田宿だってね」

「江戸から五里か。代三郎、どうする？」

　問われて、代三郎は身を起こした。

「どうするもこうするも、俺と栗坊の仕事は江戸を護ることだからな。これ以上、江
戸に近づいてきたら考えるけどな」

「そんな悠長なこと言っていていいの？」

　睨《にら》んでくる於巻に「だってよ」と返す。

「あっちにゃあっちで魔物退治がいるんじゃないか。なにをしているんだろうな」

「いるかどうかわかんないよ」と言ったのは三太だった。

「俺、前に鎌倉《かまくら》の寺に供養されていたとき、あっちに魔物退治なんかいなかったもん」

「そうか。鎌倉は布田よりもっと遠いもんな」

大猫さまの話だと、魔物退治は六十余州の各地にいるというが、どこにどれだけいるかといった話は聞いたことがない。

「案外、いないところも多いのかもしれないな」

甲州街道筋には、少なくとも八王子あたりまでは魔物退治がいない。だとしたら……。

「やれやれ。俺の仕事かよ」

どうもそうなりそうだった。

「お上も熊退治に乗り出しているし、それで済むならいいわね。でも、覚悟は決めといた方がいいんじゃない」

「覚悟、ね」

代三郎は考えるように宙を見つめると、口元を引き締め「よし」と言った。

「覚悟は決めた。というわけで、もう少し様子を見るとしよう」

またごろんと横になる代三郎に、於巻と栗坊が「もう話おしまい？」と顔を見合わせた。三太は三太で「俺も寝よっと」とやっぱり横になった。横になったのは、実のところ瞼を閉じて思案したかったからだ。

「布田宿まで来たってことは……」

代三郎は薄目を開けて栗坊と於巻に言った。

「次は高井戸宿だろう。その次は内藤新宿だ」

「いよいよ江戸ってことね」

「その前に、甲州街道がどこにあるか、二人ともわかっているんだろうな。高井戸宿を過ぎて内藤新宿までの間に、ちょいと寄り道すれば猫手村だぞ」

「あっ」と於巻と栗坊が声をあげた。

猫手村は甲州街道と大山《おおやま》街道という二つの街道の間にある。甲州街道までいちばん近いところだと半里もなかった。

「代三郎にしては冴《さ》えているね」

そう話す栗坊に代三郎は「まあな」と答え、目を閉じた。

「村には大猫さまの結界が張ってある。魔物は近付きゃしないと思うがな」

「だといいけど、心配だよ」

於巻は不安を隠さなかった。

「いまは神無月で大猫さまは留守でしょう」

「そうだな。布田宿みたいに先を越されないうちに手を打たなきゃな」

そうこうしているうちに新しい客が来た。店は於巻にまかせて奥の居間に引っ込むこととする。寝息を立てている三太はそのままにして、猫になった栗坊と居間に移った。


「代三郎」

呼ぶ声がする。

障子が開く。そこに立っているのは姉のたえだ。

「代三郎！」

「ばば様がどこに行ったか知らない？」

そう訊いてくるたえは、いまのたえではない。まだ娘時代の、十三か十四のたえだ。

「朝、三味線の出稽古《でげいこ》に行くって言って出てったよ」

答える自分は、十二歳かそこらだ。

そこで、ああ、またこれか、と意識の底で気づいた。

十年前のあの日のことだ。

昼餉も済んだ午後のことだった。自分は猫手村の実家の離れで猫の栗坊と遊んでいた。そこにたえが祖母をさがしてやって来た。

二人で話していると、庭に於巻が息を切らして駆け込んできた。

「姉様、みんなが、ばば様が川に落ちたって言っている」

「川に落ちたですって？」

叫ぶたえの横で、自分はどうしていたっけか。わけがわからず、ぼけっとしていた気がする。

「於巻、みんなって、誰が言っていたの？」

「畑仕事をしていた村の人たちが、ばば様みたいな人が川に落ちるのを見たって」

「どこで？」

「橋のあたりで」

「橋から落ちたっていうの」

「姉様」と、そこでやっと自分は確かめたのだった。

「おばあちゃん、川に落ちちゃったの？」

口にしてみると、急に恐怖が押し寄せてきた。

「川に落ちたら、溺《おぼ》れて死んじゃうんじゃないの？」

思い出したのは、七つのとき、池にはまって死にかけたときのことだ。

あのときは、溺れかけていた子猫の栗坊を救おうとして、あやまって落水してしまった。大猫さまによって助けられたのだけれど、あれ以来、すっかり水が苦手になってしまった。

「縁起でもないこと言わないの！」

代三郎を叱ったたえの顔は、だがひきつっていた。

「わたしは見てくる。於巻、代三郎とここにいなさい」

言われて、於巻は「はい」と答えた。

「姉様、俺も行くよ」

「駄目よ。於巻とここにいなさい。小さい子の見るもんじゃない」

「俺はいいじゃないか」

「いいからいなさい。二度も三度も言わせないで」

たえは言いつけると、庭から出て行った。母屋の方から、父や兄たちの声が聞こえてきた。どたどたと廊下を走る音が響いた。

ここにいろと言われたものの、祖母が川に落ちたとあってはじっとしていられなかった。

「於巻、俺は行くぞ」

部屋を出て行こうとする代三郎に於巻が「待ってよ」と言った。

「於巻も行く」

結局、二人で庭を出た。川は、家を出て少し坂を下ったところにあった。近くまで行くと、橋のたもとのあたりに村の人たちが群がっていた。

土手に上がってみた瞬間、どきっとした。川面《かわも》に何か長いものが見えたからだ。

「おばあちゃん！」

叫んだ。横で於巻がじっとそれを見ていた。

「於巻、見ない方がいい」

「あれ、ばば様じゃないよ」

於巻の言うとおりだった。川に入った村人がすくいあげたのは帯だった。

「おばあちゃんのだ！」

悲鳴をあげる代三郎に、於巻が「でも、ばば様じゃないよ」と言った。

岸にあげられた帯に、父や兄たちが寄って行く。たえが何か叫んでいる。

「おばあちゃん、流されたんだ。もっとあっちにさがしに行こう」

下流へ行こうとする代三郎の前に「ニャア」と現われたのは栗坊だった。

「栗坊、お前、追いかけてきたのか」

栗坊は尻尾《しっぽ》を振りながら、下流とは違う方へ歩き出した。「こっちに来い」と言っている。

「どこ行くんだよ。おばあちゃんが大変なんだよ」

そこで、はっと気づいた。

「そうか。大猫さまか！」

猫手神社にいる郷神——大猫さまのことは、おばあちゃんと於巻にしか話していない。

「於巻、大猫さまに頼むんだ。おばあちゃんを助けてもらうんだ」

七歳の於巻の手をとって、猫手神社の参道の階段をかけ上った。栗坊が先を走った。息をはずませて鳥居をくぐった先には三毛猫がいるはずだった。三毛猫は、大猫さまが人の前に出ているときの姿だった。

しかし、上った境内に三毛猫の姿はなかった。

「あれ、大猫さまがいない」

いつもは社殿や神楽殿の床の上で寝そべっている三毛猫が見えなかった。「大猫さま！」と呼んでみたが、声はむなしく響くだけだった。

「大猫さま、どこにいるんだろう」

一瞬、頭に浮かんだのは境内からさらに雑木林を奥にいったところにある洞窟《どうくつ》だった。奥へと入ってはいけない神域だったが、大猫さまがいるとしたらあそこしかないと思えた。

「於巻、洞窟に行くぞ」

となりにいる於巻に言った。

が、そこに於巻はいなかった。

「於巻？」

いまのいままで一緒にいた於巻がいない。慌てて見回すと、ときどき、家の敷地でも見かける子猫の黒猫がとことこと歩いているのが見えた。

なんでこんなところにいるのか。考える暇はなかった。

黒猫の歩く先に、いつの間に現われたのか、人がいた。

「大猫さまは、いまはいないよ」

自分と同じ歳くらいの、見たことがない少年だった。神職が着るような白い水干装束を身にまとっていた。

「いまは神無月だからね。大猫さまは留守なのさ」

「誰？」

はじめて会ったはずなのに、声にも顔にも、なにかなじむものがある。はて、普段は会わない親戚の誰かだろうか。

「ぼく？」

問い返すと、少年の姿はぱっと消え、足があったところに猫が現われた。

「栗坊！」

声を裏返した代三郎に、栗坊は「ニャア」と鳴いてみせた。

「え、於巻！」

栗坊の横に、今度は於巻が立っていた。黒猫はといえば、いなくなっている。

「え？　え？　え？」

目を丸くしていると、於巻がくすくす笑い出した。

「於巻、お前、ひょっとして……」

あの黒猫は於巻だったのか。

そう考えることができたのは、大猫さまを知っていたからだった。

大猫さまは、普段は三毛猫だけれど人の姿になることもある。何度か会ううちに、それがわかった。なにしろ神さまだから、そのくらいのことはできるのだろうと納得もしていた。

「どうやって猫になれたんだ。いつの間にそんなことできるようになったんだ」

「大猫さまがやりかたを教えてくれたんだ」

於巻はすました顔で答えた。代三郎は「うそっ」と叫んだ。

「ずるいよお前だけ。俺もやってみたいよ!」

「あ、代三郎は無理」

そう言ったのは、猫から転じた水干装束の童子だった。

「お前、栗坊か」

「そうだよ。わかった?」

栗坊がニコッとしてみせた。

「大猫さまがね、代三郎にそろそろ人の姿も見せてやれって言うからさ。なってみた」

「お前、人間だったのか」

「猫だよ。人の姿に変化できる猫」

「じゃあ、於巻も本当は猫なのか?」

まさかと思いながら訊いてみた。

「違う。於巻は猫に変化できる人さ」

言われてみれば、普段の於巻は人間の女の子だし、栗坊は雄《おす》の猫だ。

「だったら、なんで俺は無理なんだよ。於巻にできるのに」

「代三郎は猫使いだからさ。猫使いは猫にはならない」

「俺が猫使い？」

はじめて聞いた。大猫さまからもそんなことは言われたことがなかった。

「俺は三味線使いだけど、猫なんかあやつったことはないぞ」

「そのうちできるようになるさ」

知っているといった顔で栗坊が言った。

「でも、そのときは魔物と戦わなきゃいけない」

出た。「魔物」のことは大猫さまから教えられていた。いつか出くわすだろうそれを、自分は退治しなきゃいけないらしい。だけど、魔物にはまだただの一度も会ったことがない。

「出たのか、魔物が？」

不安を抱きながらも、ちょっとわくわくした気分で訊いてみた。

「まだ出てはいない。少なくともこのへんには出ていない。でも、いまの代三郎なら、出ても大丈夫。代三郎の三味線があれば、魔物は退治できる」

「三味線でどうやって魔物を退治できるんだよ」

「鳴らすんだよ」

「鳴らすだけで魔物が退治できるのか。そんなに簡単なのか」

「まあ、やってみればわかるよ」

「魔物って、どんなやつなんだ」

「どんなやつって、いろんなやつがいるよ。強いの、弱いの、大きいの、小さいの」

「妖怪なんだろう。おっかないんじゃないか」

「おっかながってちゃ退治できないよ」

「いつ、出てくるんだ」

「わからない」

「大猫さまならわかるのか？」

「大猫さまにもはっきりとはわからない」

「なんだかわけがわかんないな」

「そのうちわかるさ」

十二歳の自分にはつかみようのない話だった。

実際に魔物に出会ったのは、それから三年後のことだった。目黒不動《めぐろふどう》の近くで何処からか出現した魔物を退治した。三味線を鳴らし、相手の力を封じたところを栗坊が倒した。

「そうだ！」

ここでやっと思い出した。

「おばあちゃんが川で……」

言いかけた代三郎に栗坊が諭すような目を向けた。

「おばあちゃんが……」

栗坊の横で於巻がせつなそうな顔をしていた。

「大猫さまなら、おばあちゃんを助けられると思ってここに来たんだ……」

言いながら、自分の声が小さくなっていくのに気づいていた。

もうこのときには悟っていた。

願いはかなわない。おばあちゃんを助けることはできないのだ。

なぜ、そう悟ってしまったのだろう。

祈ることくらいできたはずなのに、そんなことすらせずにあきらめてしまった。

どうしてだろうか。

たぶん、そこが猫手神社の境内だったからだろう。

栗坊は神域の中心である境内に自分を誘《いざな》った。それは、祖母を救うためではなく、代三郎に運命を受け入れさせるためだったのだ。

「なあ、あのとき、なんで俺を神社に行かせたんだ」

ずいぶん経《た》ってから、一度だけ栗坊に尋ねたことがある。

「さあ。ぼくもなんだかよくわからなかったけど、足が勝手に神社に向いたんだよ」

栗坊らしい答だった。

実際、神社に行った代三郎は、祖母の死を悲しみはしたが取り乱しはしなかった。そのかわり泣いた。ただただ、ひたすら泣いた。葬儀でも泣いた。気丈な於巻は必死にこらえていたが、代三郎は遠慮なく泣いた。

祖母の遺体はとうとう見つからなかった。

人々は「お悦さんは流れにのって海まで運ばれてしまったのだろう」と、そう結論づけた。なかには、「お悦さんは川の精になって猫手村を護ってくれているのだろう」と話す者もいた。

この日を境に、栗坊はしばしば人の姿に変化するようになった。

変化するときは、たいがい代三郎が勢いよく三味線を鳴らしているときだった。

三味線の早弾きに合わせて、童子の栗坊は「よっ」「やっ」と舞ったり、どこから
か出した刀を振ったりした。本人に言わせれば「魔物を倒す稽古をしている」のだと
いう。

不思議なことがあった。

猫のときの栗坊は子猫から成長したというのに、人の姿の栗坊はいつまでたっても
少年のままであった。

「これでも少しずつ歳をとっているんだよ」

気がつくと背丈を追い越してしまった相手に代三郎が首をひねっていると、栗坊は
まるで気にしないといった顔でそう答えるのだった。

夢から覚めてみると朝だった。

あのときと同じ神無月だからか、ひさしぶりに祖母が亡くなった日の夢を見た。

目が覚めていつも思うのは、同じあの日の夢を見るならば、どうしてもう少し早い
時刻から始まってくれないのだろうかということだった。

どうせなら、あの朝、祖母が出かけて行くときから始まってほしい。

そうすれば、事の顚末《てんまつ》を知っている自分は祖母を行かせはしないだろう。

それとも、たとえこの先どうなるかわかっていても、夢の中の自分はあのときの自分でしかなくて、結局、いけないいと思いつつも何もできずに終わってしまうのかもしれない。

などと、覚醒《かくせい》した頭で考える。

昨日はあれから湯屋《ゆうや》に行った。湯屋も熊揺れの話で持ちきりだった。

佐ノ助たちは代三郎に遠慮してか話題にあげていなかったが、湯屋で聞いた話では布田宿でも熊が暴れたときにどこかで三味線が鳴っていたとのことだった。

三味線と熊と、いったいどんな関係があるのか。

どのみち相対してみればわかることだろう。

「代三郎さん、起きて！」

二階で床に転がったままぼんやりしていたら、下から於巻の声が飛んできた。

だんだんだん、と階段を踏む音がする。

「ん？」と身体《からだ》を起こすと、於巻が顔を覗かせた。

「高井戸宿に熊揺れだって」

「高井戸宿が、もうかよ？」

昨日、布田宿が襲われたばかりだ。なのに今朝は高井戸宿ときた。熊揺れは何日かおきだったので油断していた。

「いつのことだ」

「ついさっき、明け方だって」

「明け方？」

高井戸までは四里はあるのではないか。誰かが馬でも飛ばしたか。

「三太が教えてくれたの。高井戸宿にいる座敷わらしの仲間が知らせてくれたんだって」

座敷わらしには「早足」という人には真似のできない特技がある。その気になれば四里の距離も瞬《まばた》きをする間に走り抜けることができた。

「栗坊は？」

「下で待っている」

立ち上がって一階に下りた。居間に童子姿の栗坊が口を一文字にして座っていた。

「高井戸宿に熊はまだいるのか？」

「消えてしまったって」

「三太はどこだ？」

「座敷わらし同士で集まりがあるとかで、どっかに行ったよ」

決然とした顔だった。

「魔物だよ。座敷わらしが言うんだから、まず間違いないね。あとはぼくたちの仕事だ」

「昨日の今日だ。すぐにまた現われるだろうな」

高井戸宿のとなりの宿場は内藤新宿だ。そこはすでに朱引の内側、江戸の領域だ。

「念のために神棚で大猫さまを呼んだけど返事がないんだ」

「役に立たないのは毎度のことだ。大猫さまのことはあきらめよう」

「猫手村はどうしよう。もしも魔物が結界を破って入って来たら」

熊揺れは甲州街道に沿って起きている。それよりわずかだが南に位置している猫手村に来るかどうかはわからない。が、なにしろ近いだけに用心するに越したことはない。

「わたしが行くよ」

声に振り向いた。階段の脇に於巻が立っていた。

「店は長屋のおかみさんたちに頼んで、わたしは猫手村に帰る。神社で結界を強める」

宮司のいない猫手神社では、例大祭などの神事は名主である濱田《はまだ》家の人間が執り行なう。父はその役目を、おそらくどこか見えぬところで大猫さまの意思が働いているのだろう、製茶で忙しい長男や次兄ではなく、三男の代三郎と於巻に与えていた。於巻には、代三郎とはまた違う形で神力を扱う能力が大猫さまから授けられてもいた。

「なら俺たちも行く」

「駄目よ。代三郎さんと栗坊は甲州街道に行って。四谷《よつや》の木戸を破られたら江戸は大騒ぎだよ。相手が魔物じゃお侍が寄ってたかってもかなわないでしょう」

「確かにな」

「魔物のやつ……人を喰らっているみたいよ」

「なに？」

「座敷わらしが見ていたんだってさ」

栗坊が於巻の言葉を裏付けた。

「神社をぶっ壊すだけじゃなかったのか」

「次々に人を丸呑《まるの》みにしていたって。そんなこと、ただの熊にできるわけがない」

「おいおい」

背筋がぞっとした。いままでいろいろな魔物を見てきたが、人に取り憑《つ》いたり、人を操ったり、病にしたり、あるいは怪我《けが》を負わせるといったものはあっても、人間を丸呑みにするようなやつには出会わなかった。

「甲州街道やまわりの村から人が減っているっていう話は、ただ逃げ出したってだけじゃないみたいね」

「於巻の言うとおりだよ。たぶん、喰われてしまった人もいるはずだ」

「代三郎さん」

於巻の強い眼差《まなざ》しに、代三郎は「しくじった」と率直に答えた。

「のんきにかまえすぎた」

自分が寝転がっているうちに、何人もの人が命を落としてしまった。

「いまからでもいいよ。行こう。絶対に倒さなきゃ！」

栗坊はやる気満々だ。

「於巻、朝餉《あさげ》だ。俺は顔を洗ってくる」

草履を履いて井戸まで行くと、水を汲《く》みに来た店子《たなこ》たちがいた。

「おや旦那、こんな早くからめずらしいね」

代三郎を見て笑ったのは、清吉の女房のおたまだった。

「おたまさんは朝に会うと必ずそれを言うな」

「だって、旦那が朝から動いているとこなんて年に何回かしか見ないもんねえ」

ちがいない、とまわりにいた女や子たちが笑った。

「ちょうどいいや。誰か、駄賃ははずむから茶屋の店番を頼まれてくれないかな。於巻が村に帰るんだ」

「あたしとおとよさんでどうにかしとくよ」とおたまが請け合ってくれた。長屋のおかみさんたちのまとめ役であるおたまとおとよが引き受けてくれれば安心だった。

そこに「てえへんだ！」と魚の棒手振《ぼてふ》りをしている店子の大助《だいすけ》が走ってきた。

「おや、大助さん。売り物はどうしたね」

「もうみんな売っちまったよ。それよかてえへんだ。高井戸宿に熊揺れが出たってよ」

「高井戸宿だって？」

「おうよ。昨日が布田宿で今朝は高井戸宿だ。次は内藤新宿だってみんながうわさしているぞ」

「江戸に熊が出るっていうのかい」

「お武家様たちは戦支度だそうだ」

「熊一頭に、おおげさだねえ」

「知らねえのか。七間もある山みたいな熊だって話だぞ。そんなのが暴れりゃ地面が揺らいでもおかしくねえや」

三間がいつの間にか七間になっている。普通なら笑い飛ばすところだ。が、しかし。

——案外、真の話かもしれないな。

喋っているおたまや大助たちに背を向けて桶《おけ》に井戸の水を汲んだ。ばしゃばしゃと顔を洗ううちに気合いが入ってきた。

四　高井戸宿

高井戸宿に着いたのは、昼前だった。

甲州街道は避け、駕籠《かご》に乗って武家地の間を抜ける裏道を西に行った。熊揺《くまゆ》れのうわさはたいしたもので、渋る担ぎ手たちを動かすのに常の倍の銭を払うことになった。

「こりゃあひでえ」

訪ねた高井戸宿は、話に聞いていたよりさらに甚大な被害を受けていた。

街道沿いの旅籠《はたご》や民家に無事なものはなく、いずれも倒れているか、壁や屋根に穴が空いているかで、まるで竜巻《たつまき》でも通ったかのような有様だった。

道端には家を失った人々が疲れ果てて座りこんでいる。そのまわりには落ちた瓦《かわら》や木屑《きくず》が散乱している。被害に遭った人は誰《だれ》も皆、あまりのことに立ち上がる気力すらないようだ。

「大丈夫ですか」

目が合った男に声をかけてみた。汚れてはいるが、上等そうな羽織をまとっているところから商人とわかった。後ろには家族だろう、女たちや子どもがいた。

「大丈夫なもんかね。でもまあ、命があっただけでもよかったよ」

「これがみんな地震だか熊だかの仕業なんですか」

あらためて見回すと、天災としか言いようのない有様だ。宿場全体が、空から金槌《かなづち》で叩《たた》かれまくったみたいに潰《つぶ》されている。

「なんだかわからないけど、この世の終わりが来たみたいだったよ」

明け方、寝ているところをいきなり「ごおお」という音がし、家全体が縦に横にと大揺れしたかと思ったら屋根から潰れていた。かろうじて隙間《すきま》があったので外に出られたが、でなければ一家もろとも下敷きだったという。

「地震だけじゃない。確かに、熊だかなんだか獣の吠《ほ》える声が聞こえたよ」

まだ暗い時間だったから、熊の姿を見た者はいない。わずかに、神社に小山のような黒い影があったと、それを遠くから認めた者がいるくらいだという。

「ところで、兄さんはどこの人だい」

「猫手村です」

「案外近場だね。旅の人かと思ったよ」

今日の代三郎は遠出をするとあって笠《かさ》に脚絆《きゃはん》の道中姿だ。肩には三味線《しゃみせん》を包んだ布と栗坊の入った頭陀袋《ずだぶくろ》を下げている。旅人と思われても無理はない。

「高井戸宿が熊揺れに遭ったって聞いてね。村の衆が心配しているんで様子を見に来たんですよ」

「猫手村は無事なのかい」

「おかげさまで、いまのところはね」

「せいぜい気をつけることだね。悪いことは言わない。少しでもおかしな気配があったら家から外に逃げることだ。あとはそうだな。絶対に神社には逃げちゃいけない」

「やっぱりここでも神社がやられたんですね」

「ああ。さっき見てきたけど、ひでえもんだ」

ところで、と代三郎は話を変えた。

「俺《おれ》は三味線弾きなんです。気になる話を耳にしたんだけど本当かな。熊揺れが起きたときに三味線の音が聞こえたってうわさなんだけど」

「三味線の音？」

「ああ。八王子宿でも府中宿でも三味線の音が聞こえてくると熊が現われたって聞くんだけど」

「ああ、そういえばそんな話があったな。だけど今朝はそんな音は聴いていないな。寝ていたからってのもあるかもしれないが、俺はごおおって音と獣の吠える音しか覚えていないぞ」

「三味線の音、してたよ」

男の後ろでそう言ったのは、六、七歳の男の子だった。

「正太《しょうた》、本当か？」

男が息子に確かめた。

「うん。神社の方から三味線の音がした」

「嘘《うそ》じゃないだろうな」

「嘘じゃないよ。でも聞こえたのは、熊揺れが終わったあとだった。嵐《あらし》みたいな音が消えたと思ったら、三味線の音がしたんだ」

もぞもぞと、下げていた頭陀袋から栗坊が顔を出した。

「あ、猫！」

「おや、本当だ。猫なんか連れてんのかい」

「ああ。こいつは犬みたいに人についてきたがる猫でね」

「兄さん、ひょっとして猫捕りかい」

「違う違う。俺は三味線は弾くだけです。猫の皮を売るなんてのは趣味じゃないよ」

そうだよ、というふうに栗坊が「ニャア」と鳴いた。

「邪魔したね。お大事に」

代三郎は男に礼を言い、道を先に進んだ。

痛めつけられた町には、すでに周辺の村々から救援が入っていた。何箇所かに炊《た》き出《だ》しの煙が上がっていた。


神社に行ってみた。

聞いていたとおり、ここがいちばん派手に壊されている。石鳥居は倒されてばらばらに砕けているし、社殿があったところは礎までがひっくり返されて大穴が空いている。御神木《ごしんぼく》と思わしき大木も根元からへし折られて無惨な姿を晒していた。

参道を境内に入ったところで、代三郎は足をとめた。足元には狛犬《こまいぬ》の首が転がっていた。

「ひどいなんてもんじゃないな」

こんなことをしでかす魔物とはいったいどんなやつなのか。

頭陀袋から栗坊が地面に下りた。すぐに童子姿になった。

「こんなのはじめてだね。情け容赦なく壊してみましたっていう感じ。ここまでやるなんて、いままでの魔物にはいなかった」

「ああ。桁違《けたちが》いだな」

「ぼくたちに封じることができるかな」

「お前にしては珍しいな。どんなのが相手でも、やるったらやるってやつが」

「だって、この有様だよ。まるで天変地異がそのまま魔物になったみたいだ」

「ああ」

いまは神社どころではないのだろう。境内には他に人の気配はない。栗坊はそこを用心しながら歩いている。代三郎も五感を研ぎ澄ましてあたりを窺《うかが》った。

「いるか？」

「魔物は……いない」

「試しに鳴らしてみるか」

「それも一興かな」

栗坊がそこまで言ったときだった。いつの間にか倒れた御神木の上に白い猫がいることに気がついた。

白猫は、じっとこちらを見ていた。

「なんか気配がすると思ったらあいつか」

「そうだね」

栗坊はぱっと猫に変わると、白猫に近づいていった。

相手の猫は突然現われた茶トラに驚きもせず、栗坊が近づくのを待っている。

栗坊が幹の上に乗り、白猫と鼻を合わせた。そして互いに尻尾《しっぽ》をあげて、相手の尻《しり》を追うようにくるりと弧を描いた。

「ニャア」と栗坊が鳴くと、白猫は「ニャアア～」と少し長く鳴いた。二匹はふたたび顔を近づけあってニャアニャアと鳴きあった。

少しすると、栗坊が幹を下りて童子の姿になった。

「なにかわかったか？」

「この猫、郷神《さとがみ》に仕えているんだってさ。熊が暴れる一部始終を見ていたって」

白猫は寝ぐらにしている神社が破壊されるのを、ただ指をくわえて見ているしかなかったという。

「そいつは災難だったな」

「魔物を見たことはないけれど、あれがきっとそうに違いないってさ」

「どんなやつだった」

「山のように大きかったって」

「そいつがいきなり現われたっていうのか」

「うん。夜、軒下で寝ていたら急に背筋がぞくっとして、全身の毛が逆立ったんだって。そうしたら地面が揺れて、外に飛び出したときにはもう社殿は熊に叩き壊されていたってさ」

「危ないとこだったなあ」

同情の目をまだそこにいる白猫に向けると、猫は「ニャ」と小さく返事をした。

「こんなにされちゃって、天神さまに合わせる顔がないってさ」

襲われた神社は天神社だった。

「ここの郷神は、そのまま天神さまなんだな」

大猫さまの話では、郷神の多くはその土地の神社にいるという。ただし、必ずしも祀《まつ》られている神が郷神とは限らない。どの神を祀るかは人間の勝手で、実際、猫手神社も表向きの主祭神は八幡《はちまん》神となっている。

「天神さまもいまはやっぱり神無月《かんなづき》で留守なんだな」

代三郎がそう言うと、人の言葉がわかるのか白猫は「ニャ」と短く鳴いた。

「天神さまはたいてい留守だってさ。あっちこっちに天神社があるものだから、いつも忙しくかけまわっているんだって」

「働き者の神さまだなあ。どっかの怠け者じじいに聞かせてやりたい話だぜ」

それにしても、と代三郎はあらためて首を傾《かし》げた。

「やっこさん、どうして神社ばかりぶっこわすんだ」

栗坊が白猫を見た。

「あの子が言うには、なにかをさがしていたみたいだったって」

「なにかをさがす？」

白猫がまた「ニャア」と声を出した。

「いや、なにかというか誰かかな。暴れながら、どこだ、どこにいる、っていう魔物の声を聞いたって言っている」

「誰かをさがしている？」

「たぶん、天神さまのことじゃないかって」

「魔物が天神さまをさがしているっていうのか」

あやかしが神さまをさがす。聞いたこともない話だった。

「出てこい、出てこいって叫んでいたっていうんだ」

「出てこいったって、いまは神無月で神さまは留守だろう。まあ、魔物にそんなことは関係ないか」

話からすると、どうも魔物は天神さまに用があるらしい。それも暴れるくらいだから物騒な用件だ。恨みでも抱いているのかもしれない。

「待てよ」と代三郎は白猫に視線を送った。

「八王子に日野に府中、布田、天神さまはこのへんも縄張りにしているのかな」

「縄張りじゃないけれど、天神社はあちこちにあるから行くことはあるはずだって」

「天神社を狙《ねら》っているのか」

いや、と思う。他の宿場では天神社以外の神社も打ち壊されている。そうと決めるにはまだ早い。

うーんと唸《うな》っている代三郎に栗坊が「それはそうと」と言った。

「例の三味線の音なんだけど」

「訊《き》いたのか？」

「うん。さっきの正太って子が言っていたように、三味線の音がしたって」

三味線の音は、宿場がだいぶ荒らされたときに鳴ったという。

魔物はその音が聞こえてきたとき、神社にいた。音に魔物は反応し、その音のする方向へと使い魔を向かわせた。使い魔たちは魔物の身体《からだ》から分身のように次々と現われては、咆哮《ほうこう》しながら三味線の音の鳴る方角へと駆けて行った。しばらくして三味線の音がやむと、魔物も何処《どこ》かへと去ったという。

「使い魔を操っているのか」

「たくさんいたってさ」

「三味線の音に、使い魔を向かわせた、か」

「ということは三味線の音の主は……」

代三郎と栗坊は顔を見合わせた。

「魔物退治？」

声もそろった。

「でも、ここは高井戸宿だぞ。江戸からだと猫手村とそう変わらない場所だ。こんな近いところに俺たちじゃない魔物退治がいるっていうのか」

気になることはまだあった。

「三味線の音は、どんなものだった？」

白猫が「ニャ」と答えた。

「はやかったって」

「早弾きか。こりゃあ……」

　魔物退治だろう。そうに違いない。

「いったいどこの魔物退治だ。おい白猫ちゃん、このへんに魔物退治はいるかい？」

「ンニャ」と白猫は口を結んだ。

「いないか。じゃあ、どこの誰だ。もしかして俺たちの出番はなしでもいいってことか」

「そんなことないよ。魔物は退治されたわけじゃないもん」

白猫の話では、魔物は邪魔だてしてくる相手に使い魔たちを向かわせて、その隙に姿を消したようだということだった。戦いを避けたとも受け取れる。

「どうなってんだかなあ」

もしそうならば、その魔物退治に会ってみたかった。

気になることはまだあった。座敷わらしが見たというものだ。

「魔物は人を喰《く》らっているのか？」

「見ていないけど、それくらいのことはしてもおかしくないってさ」

白猫から得られる話はそこまでだった。だが、これだけでも高井戸宿まで来た甲斐《かい》があったというものだ。

境内の外から人の声が聞こえてきた。栗坊が猫に戻った。

「おーい、まだいたぞ」

なにごとかと、声のする方に行ってみた。男が三人、荒れた畑の上にいた。誰かが倒れている。

「そこの人、助けてくれないか」

代三郎に声がかかった。「どうしました」と神社から出て駆け寄った。

行ってみると、男たちは倒れていた人を板に乗せて運ぼうとしているところだった。

「寺まで運ぶ。手伝ってくれるかい」

雰囲気からしてまとめ役っぽい年嵩《としかさ》の男に頼まれた。

「もちろんですよ。この人は？」

「おこりでも起こしたみたいだ。さっきから同じようなやつを何人も運んでんだ」

板の上に寝かされているのは若い男だった。目を開いて、がくがくと震えている。口もとからはよだれが垂れている。一人が目の前で手を振ってみるが反応がない。意識が飛んでいるようだった。

「なんでこんなことに？」

「わからねえ。おっかなさのあまり、どうかしちまったんだろ。すまねえな、荷物もあるのに」

「かまいませんよ」

四人で板の角を持って歩き始めた。寺は無事なので、とりあえずそこに行って手当をするとのことだった。

「こいつも町の者じゃないですよ」

代三郎と一緒に板の後ろを持っている男が言った。

「そうだな。見たことのねえ顔だな。おめえさん、どっから来たんだ？」

年嵩の男が訊くが、板の上の男は放心状態で答えることができない。

「見たところ百姓じゃねえな。といって旅姿でもねえ。さっきからこんなのばっかだ。ところで、兄さんはどこの人だい？」

「俺ですか。猫手村です」

代三郎は答えた。

「この男、知っているかい？」

「いや。会ったことないですね」

「おかしいんだよ。さっきから何人も運んでいるんだが、高井戸宿じゃ見ない顔が多いんだ。どこの者だと訊いても、みんなこの有様でろくに答えることもできないんだ」

板の上の男は一見すると町人に見えた。ここでないとしたら、どこの町から来たのだろうか。

「まったく、なんでこんな目に遭わなきゃならねえんだか」

年嵩の男がぼやく。道の両脇《りょうわき》の畑も突風でも吹き荒れたかのように荒れていて、畝《うね》という畝がぐちゃぐちゃになっている。せっかく育ったかぶや大根がそこかしこに転がっている。

「熊の仕業って聞いていたけど……」

代三郎が言いかけると、男は「熊どころの話じゃねえよ」と声を荒くした。よそ者の若者にではなく、起きてしまったことに腹を立てていた。

「こらあ、なにかの祟《たた》りとしか思えねえ。俺たちなんかじゃどうしようもねえ。神仏におすがりするしかねえよ。もっとも、頼りの天神さまもこれこの通り、めちゃくちゃにされちまったけどな」

道の先に寺の堂の屋根が見えてきた。すぐ横の本陣は半壊していたが寺は塀が崩れているくらいで災難を免れていた。

「源《げん》さん、あれ」と、年嵩の男の横にいた若い男が顎《あご》をしゃくった。

向こうから徒士《かち》の一団がこちらに向かってくる。その後ろに馬に乗った武士が数人。全部で五十人くらいはいそうだった。

「今頃《いまごろ》になってのこのこやって来やがった。いったいどこでなにしてやがったんだ」

領主か、それともお上から警備を命じられた役人か、武装した武士たちだった。

「府中に布田が襲われたんだ。次は高井戸だってそのへんの小僧でもわかりそうなもんじゃねえか。なのになんの手も打たねえで。腰の刀はなんのためにあるってんだ」

「源さん、そのへんにしとかないと聞こえるよ」

「かまいやしねえ。おい、お前ら、頭なんか下げることはねえぞ。こっちは怪我人《けがにん》を運んで手が塞《ふさ》がってんだ」

源さんと呼ばれる年嵩の男は、熊の襲来を予想できたのに宿場を守らなかった武士たちに憤慨していた。

「でも源さん、お咎《とが》めがあったら、この兄さんに迷惑をかけちまうよ」

「あ、そうだな。しょうがねえ。道くらい譲ってやるか」

武士たちとすれ違う。騎馬の武士が代三郎たちに「大儀である」と声をかけた。

「けっ、なにが大儀だ」

「源さん、声がでかいよ」

「知ったことか」

源さんたちの声に徒士の武士が振り向いた。一瞬、緊張が走ったが、徒士の視線は板の男に注がれていた。

「ごえっ」

喉《のど》でもつまらせたか、板の上の男がのけぞった。

「ごええっ！」

くわっと開いた目は血走っていた。武士たちが歩みをとめて不安そうに見る。

「その者はどうしたのだ？」

質問に「へえ」と源さんが答えた。

「畑の中に倒れていたんでさ。おこりでも起こしたみたいでして」

「医者に診《み》せてやれ」

「へえ」

言葉を交わしている間にも、男は苦しげな声をあげてばたばたと暴れた。

案ずるというより、そんなものを見せるなと言わんばかりに追い立てられた。

「見たか。お武家といっても青白い顔したやつばかりだ。あれじゃあ熊一頭退治できねえんじゃねえか」

武士たちが離れると源さんは悪態をついた。気持ちは代三郎にもわかった。

寺に入る。境内にはむしろが敷かれ、大勢の人が寝かされていた。怪我をしている者も少なくない。いま運んだ男のようにおこりに罹《かか》ったような人たちもいる。

礼を言われ、寺を出た。

見るべきものはほぼ見た。

「どうするよ、栗坊」

声に頭陀袋の中の栗坊がもぞもぞと動いた。

「於巻は、今頃はもう村だろうな」

自分たちも猫手村に向かうべきか、それとも……

宿場を出て、人目のないところまで来ると栗坊が頭陀袋から出て童子になった。

「内藤新宿に行くか」

代三郎の提案に、栗坊も「そうだね」と頷《うなず》いた。

「はよう行け」

「魔物は甲州街道伝いに来たんだもん。次は内藤新宿でしょ」

駕籠を使いたいが、熊を恐れてか、やはり街道に人は少なかった。歩くしかない。

「内藤新宿で狙われるとしたら花園稲荷神社《はなぞのいなり》かな」

花園稲荷神社には子どもの頃に一度だけ参拝したことがあった。

「だろうね。でもあそこは天神さまを祀っているわけじゃないよ。それに郷神さまもいないでしょう。江戸は大猫さまの縄張りだからね」

「だとしても、とりあえず行ってみよう」

歩き出すと、ぐう、と腹が鳴った。頭陀袋から、朝、於巻がこしらえてくれたおむすびを出して二人で分けた。

五　内藤新宿

人気の少なかった甲州街道だが、内藤新宿に近づくとものものしい雰囲気になってきた。

道とその両側には一目で急ごしらえとわかる柵《さく》が立てられ、番所が置かれていた。

そのまわりをたすき掛けの武士たちが取り巻いている。

「江戸に入る者は急げ。夕方には道を塞ぐぞ」

道中奉行の配下と見られる役人が柵を出入りする者たちに声をかけている。代三郎と栗坊もその横を通って宿場に入った。

「賑《にぎ》やかだねえ。日本橋みたいだ」

さすがは甲州街道で一つ目の宿場だ。道の両側には旅籠や商店が延々と連なっている。行き交う人の数も多い。ただ、よく見ると多くの店が熊揺れを恐れてか店じまいの支度をしていた。

「ここから先は江戸だからな。お上も高井戸宿とは気合いの入れ方が違うみたいだな」

まだ割とのんびりした顔をしている町人たちに比べ、武士たちの表情はかたい。

「あ、鉄砲組だ」

栗坊が言うように、一軒の旅籠の前に筒を持った武家たちがいた。旅籠は陣屋に使われているらしかった。

「やれやれ。あんなのを町中でぶっぱなすのか。戦国の世に逆戻りだな」

「魔物に効くかな。効けばいいけど」

「どうだろうな。七間もあるでかいやつじゃ大筒でも持ってこなきゃ駄目だろう」

その大筒もあった。甲州街道と成木《なりき》街道に分かれる新宿追分の角の真ん中に大筒が据えてあった。

「すげえな。大筒なんてはじめて見たぞ」

そう言ったのは代三郎ではなかった。まわりを歩く者たちが物珍しい大筒に声をあげていた。

「こら、見世物ではないぞ。用のない者はさっさと行け」

番をする役人が言っても、人々は簡単にはどかない。

「海防用の大筒を急いでこっちに持ってきたって話だぜ」と、どこからか大筒の出所まで聞こえてくる。

「これなら熊公もいちころだろうよ」

威勢のいい声が飛ぶ。確かに当たれば無傷では済まなそうだ。

〈でも、相手は魔物だからなあ〉

魔物というのは、半分こっちの世にいて、半分はどこか違うところにいるような連中だ。普通の刃や飛び道具がどこまで通用するかは知れたものではない。だいいち魔物を倒すには神力が要る。だからこそ代三郎や栗坊のようなそれを授かった魔物退治が存在するのである。

「兄さんたち、今日はどこに泊まるんだい」

旅籠の店先から声がかかった。飯盛り女だろうか、若い女だった。

「いや、あいにく先を急ぐんでね」

「日本橋まで行くのかい。日が暮れちまうよ」

「神田に家があるんだ。無理してでも帰るよ」

返事を聞いて、女は「ふう」と息をついた。

「今日は駄目だね。みんな熊揺れをこわがって泊まっていこうとしない。商売上がったりだよ」

「見たところ、賑わっているじゃないか」

「いつもに比べるとさっぱりさ。往来は人が多いけど旅籠の部屋は空いてばかりだよ」

よく見ると、於巻とそう歳《とし》の変わらぬ娘だ。こんな娘が店先で客に声をかけているくらいなのだから本当に客が少ないのだろう。

「姉さん、行けるところがあるなら逃げた方がいいぞ」

つい余計なお世話で言ってしまった。

「俺たちは高井戸宿から来たんだ。ひどいものだったよ」

代三郎の言葉に、女は表情を変えた。

「旅籠という旅籠が潰されたってのは本当なのかい？」

「潰れたか倒れかかっているか、そんなところだね。あんなのに巻き込まれたら命がないぞ」

「と言われてもねえ。行くとこなんかないんだよ」

嘘ではあるまい。でなければこんなところで働いてはいないだろう。

「代三郎、神社に行こう」

栗坊に促されて先へと歩いた。

「なんとか守ってあげたいね」

童子も逃げ場のない旅籠の女に同情しているようだった。

花園稲荷神社の手前には、やはり間に合わせに設けた木戸があった。役人たちもどうしてか理由はわからぬが熊が神社を荒らすことに着目しているようで、宿場のなかでもここがいちばん防備を固めているのがすぐに見てとれた。

木戸を通ろうとする代三郎に声がかかった。

「そこの者、待て」

振り返ると、町奉行所の与力か同心か、配下を従えた黒い羽織の役人がこちらを見咎めていた。

「その背負っている布に包んでいるものは三味線か」

「はい」

隠す必要などないので素直に答える。

「どこから来た」

「高井戸宿です」

返答に男の目が鋭くなった。まわりの部下たちも厳しい顔をしている。

「内藤新宿に何用か。なぜ三味線など持っておる。旅芸人か」

「神田に家があるのです。三味線は嗜《たしな》みです」

「熊が三味線の音とともに現われたという話を知っておるか」

「そのうわさは耳にしました」

白猫の話では、魔物は三味線の音と一緒に現われたわけではなかった。三味線の音がしたら消えたというのだ。だが、人々にはそれが正確には伝わっていない。代三郎も最初に瓦版で知ったときは、まるで熊揺れが三味線に導かれるようにやって来たかのような印象を受けたものだった。

「ならば、なぜ誰何《すいか》されたかわかるな」

役人は意地悪そうに言った。自分たち町方の縄張りに他の役人や旗本たちが入ってきて、肝心の自分たちはつまらぬ仕事にまわされた。そんな鬱憤《うっぷん》が顔や態度に出ていた。

「怪しい者ではございません。神田江戸橋近くで長屋の大家をしている代三郎と申します。いちおう町役人にも名を連ねております」

「そのほうのどこが町役人だ。こんな風体の小童《こわっぱ》など連れて、旅芸人にしか見えんぞ。手形を見せよ」

「持っていません。高井戸宿にも神田から行きました」

途中に関所があるわけでもなし、江戸の近郊に行くのに手形は必要ない。だが役人は代三郎をどこか遠国から来た怪しげな者と見なしているようだった。

「何用あって高井戸宿に行った。まずはその三味線を寄越《よこ》せ。そのうえで吟味する」

面倒なことになった。といって逆らうわけにもいかない。役人は役人の仕事をしているだけだ。

気がつくと、まわりに人が集まり始めていた。視線が冷たく感じるのは気のせいではあるまい。

「散れ、散れ。怪しい者を吟味するだけだ。そうだ、ついでに申しておく。他にも旅姿の三味線弾きを見つけたら連れてまいれ」

役人が人々に命じた。

「代三郎、どうする?」

栗坊が小声で訊いてきた。

「お前は猫になって逃げろ」

「ぼくだけ逃げても意味がないよ」

「じゃあ、どうする」

ここはいったんおとなしく取り調べに応じるほかなさそうだ。身分や素性が知れれば疑いは晴れるだろう。だが、そう簡単に帰してくれそうにはない。

〈こりゃあ、まいったな〉

唇を嚙《か》んでいると、栗坊が言った。

「戦う」

ぎょっとして童子を見た。

「人間相手にか?」

「背に腹は替えられないよ。さっきから囲みを解くように念を送っているんだけど通じないんだ。うまくやるから代三郎は三味線を頼む」

人間相手に戦ったことはない。はたして神力は通じるのか。

「なにをぶつぶつ言っておる」

町の人たちを相手に喋《しゃべ》っていた役人が振り向いた。

「はやく三味線を差し出せ。念のため縄をかけるぞ」

役人の言葉に代三郎は仰天した。

「縄だなんて殺生な」

これではまるで罪人扱いだ。

〈冗談じゃねえぞ〉

最初からこれでは先が思いやられる。どんなに本当のことを言っても罪人と決めつけられて、しまいには流刑か獄門にでもされそうだ。

「いま三味線を下ろします。お待ちください」

言いながら時を稼ぐ。いちかばちか三味線を鳴らすほかなさそうだ。しかし、そんなことをしたら、それこそ役人相手に立ち回りを演じた科《とが》で本物の罪人になってしまう。

〈ちくしょう、大猫さまめ！〉

いつもの逆恨みが頭のなかに沸き起こった。

〈魔物退治なんてくそ面倒なことを押し付けやがって。でなきゃこんな羽目には陥らねえのに〉

「もたもたするな。早くせい」

催促されて三味線を出した。横で栗坊が音が鳴るのを待っている。代三郎は懐《ふところ》に入れておいた撥《ばち》を抜いた。吉十郎からもらったあの鼈甲《べっこう》の撥だ。

「吟味の余興に、いかがですか？」

そう言って、軽く弦を弾いた。ベン、と音が鳴った。栗坊が腰の根付《ねつけ》に触れた。

「何をしておる。弾けとは言っておらんぞ」

役人が言ったときだった。

足もとが、ふわりと浮いた。

「えっ？」

地面が揺れていた。

「こ、これは？」

確かめる間もなく、揺れが大きくなった。

「地震だ、熊揺れだ！」

役人たちが叫んだ。あちこちで「きたぞ！」と悲鳴があがった。

地鳴りか。ごおっという音と、建物ががたがた揺れる音が重なる。震動に耐えられなかったのか、離れた場所で建物が倒壊する音が響いた。近くの商家から飛び出してくる人がいる。旅籠からも大勢の人が次々に外に出てきた。

揺れが収まるまで、どれくらい経《た》ったか。

背後から、耳を劈《つんざ》くような轟音《ごうおん》が鳴り響いた。

鉄砲の音だった。

そこにいた者全員が、周囲を見回した。やがて誰かが口をぱくぱくさせているのが見えた。

「………だ！」

鉄砲の音で耳がやられたらしく、最初の一声は聞き取れなかった。

「熊だ！　神社に出たぞ！」

「なにいっ！」

血相を変えた役人が「行くぞ」と配下に号令した。

「この者はいかがしますか？」

「縄をかけておけ」

そこでまたババババーンと鉄砲の音がした。一挺《ちょう》ではない。鉄砲組が数挺の鉄砲を同時に放っているようだ。

轟音がおさまると、あたりを一瞬の静けさが覆った。

「やったか？」

役人の足が神社に向いた。代三郎に縄をかけろと命じられた配下の者たちも、神社の鳥居を窺っている。手前の建物が邪魔をして境内の様子は見えない。

「見て来い！」

命じられて、若い同心が部下を連れて境内へと走る。まわりにいた町人たちもおそるおそる鳥居の向こうを覗《のぞ》きこんでいる。

「代三郎、あれ」

栗坊が高いところを指差した。

神社の上に、きのこのような形をした真っ黒い雲が昇っていた。

「魔物雲か」

黒々とした雲は、魔物が放つ特有の気からなるものだった。普通の人間の目には映らない、代三郎のような魔物退治にしか見えぬ邪気の塊だ。

「怒っているね」

「ああ、こりゃあやばいぞ」

言うや否や、神社から悲鳴があがった。

「うわああ――――！」

参道から人が溢《あふ》れた。境内にいた人たちが逃げてきた。いま行ったばかりの同心たちもいた。

「化け物だあああ――――！」

溢れてくる人たちの頭上を、社殿の一部とおぼしき板塀が飛んできた。くるくると回転しながら、道の向こうの旅籠の窓にぶつかった。衝撃で窓の格子がばらばらになり、破片が飛び散った。

群衆につづいて鉄砲組が退いてきた。

「放て、放て、放てえええ――――！」

組頭の号令で鉄砲が放たれる。だがそこに境内から引っこ抜かれた神木が飛んできた。

「わあああっ！」

鉄砲足軽たちがちりぢりになって逃げた。空いたそこに神木が「どん！」と落ちてきた。「ひいいっ！」と間近で見ていた役人があとずさりした。

「皆、ここはひとまず退散じゃ」

なりふりかまわず役人が走り出す。配下の者たちも我先にとそれにつづいた。

破壊された旅籠からも人が飛び出てきた。

「なんでいきなり神社に出るんだよ！」

「知ったことか、逃げるぞ！」

道にいた群衆がなだれを打って逃げ出した。

「逃げろ逃げろ、大熊だ――っ！」

「鉄砲も歯が立たねえぞ！」

「おかあちゃん、おかあちゃん、どこ？」

「大筒持ってこい、大筒！」

「女子どもが先だ！」

「四谷の木戸を閉めろ。誰か知らせに行け！」

こうなるともうおさまらない。神社の境内からは物がどんどん飛んでくる。それが方々の建物に当たったり、道に落ちてくる。

代三郎は左手で三味線の棹《さお》を強く握った。右手で撥をこする。

魔物雲まで出たとあっては、背中を向けるわけにはいかない。

「栗坊、行くぞ！」

「うん」

逃げ惑う人々とは逆の方向へと爪先《つまさき》を踏んだ。

境内へとつづく階段を上がる。くぐるべき鳥居はすでに落下物が当たって倒壊していた。

「おわっ！」

正面から四角い物体が回転しながら飛んできた。左右に散ってそれをかわす。賽銭《さいせん》箱《ばこ》だった。

魔物は銭が目当てでもないようだ。

「わひゃっ！」

飛んでくるものをよけながら、境内を奥へと進んだ。

「な、なんだありゃ？」

代三郎が見たのは、潰れた社殿を踏みつけている、巨大な黒い塊だった。

熊、と呼ぶにはあまりに大きなそれに目を疑った。

確かに七間はある。いやそれよりもっとか。

力のある魔物は概して大きなものだが、それにしてもこれは桁外れだ。

黒い毛に覆われた顔の奥に赤い目が光っている。

〈どこだ?〉

声が聞こえた。並の人間には聞こえない、頭に直接響くような声だ。

〈やつらはどこにいる?〉

代三郎と栗坊は顔を見合わせた。

「やつら?」

「誰かをさがしているみたいだね」

熊が社殿から下りた。地面が揺れた。

〈匂《にお》う……匂うぞ〉

赤い目が境内のあちこちを探っている。

「いくぞ!」

三味線を鳴らした。熊がそれに応じるように〈ん?〉と動きをとめた。

栗坊が左手で根付の弓をとった。玩具《おもちゃ》のように小さかったそれはすぐに元の大きさになった。栗坊の右手にはすでに矢がある。代三郎が三味線をかき鳴らした。

「魔物よ、闇《やみ》に帰るがいい」

栗坊が引いた矢を射った。矢が魔物へとまっしぐらに飛んでいく。

〈刺され！〉
代三郎は念じながら撥を持つ手に力を込めた。
が、飛んで行った矢は熊の前足にあっけなく弾《はじ》かれてしまった。
栗坊が二の矢、三の矢を放つ。四、五、六とつづけざまに射った。
しかし、すべて弾かれてしまった。
「代三郎！」
栗坊が振り返った。代三郎も異変を感じていた。
「きかないよ」
「ああ、なんかへんだ」
熊はこちらに鼻を向けていた。
〈お前たちか？〉
こちらが魔物退治だと気付いたようだ。
〈匂う、匂う、匂うぞ〉
熊が一歩前に出た。ずしん、と地面が揺れた。
「くそっ」と代三郎は撥を持つ手に力をこめた。
代三郎が三味線を鳴らすとき、神力をともなった音に魔物は力が削《そ》がれ、動きが鈍くなる。近づいてきたとしても見えない神力の壁がそれを阻む。

逆に栗坊の矢や太刀は威力が研ぎ澄まされ、魔物の息の根をとめることができるようになる。

なのに、今日はそれが通じない。

いくら三味線を鳴らしても、魔物の動きをとめることができない。

栗坊が根付をひとつとった。槍《やり》だった。

「いけえっ！」

槍を投げる。熊の額へと飛んで行った槍は、そこに当たりはしたものの皮をえぐることすらできずに力なく地面に落ちた。

〈ぐふっ〉

熊が笑ったように見えた。

〈お前たちも喰らってやろう〉

熊が立ち上がった。大きな影が代三郎と栗坊を包み込むように伸びてくる。

「で、でけえ……」

立ちはだかった熊は千代田《ちよだ》の城の石垣よりも大きく見えた。

「代三郎、危ない！」

ぼけっと眺めている場合ではない。熊の足が迫ってきた。

「わわわっ！」

すれすれのところで足をかわした。はずみでまた地面が揺れた。まだかろうじて建っていた境内社の社殿や神木が震動で倒れた。

「逃げよう！」

栗坊が叫んだ。

「それしかないな」

山で熊に会ったら背を見せてはいけない。そんな話を耳にしたことがあるが無理だった。

〈どこだ、どこにいる？〉

魔物は代三郎たちを追いながらも、まだ後ろ髪を引かれるようになにかをさがしていた。そのためか、動きが遅かった。

「いまのうちだ。逃げろ逃げろ逃げろ！」

走って境内から出た。通りに出て、壊れた旅籠の脇の小道に入った。そのまま真《ま》っ直《す》ぐ駆け抜けた。先に川が見えた。場所からすると玉川《たまがわ》上水だろう。

「代三郎、川に逃げよう」

「水は嫌だよ」

「嫌でも行くの。飛び込んで匂いを消すんだ。あいつは匂いを追っているのかも」

「匂いを消すってか」

「そうだよ」

どおん、と音がした。

「なんだ？」

後ろを向くと、旅籠の向こうに煙が立ち上っていた。

「大筒が当たったんだ」

魔物は通りに出たところで待ち構えていた大筒の的になったらしい。

〈小癪《こしゃく》な〉

魔物の声が頭に響いた。自分を遮る大筒に腹を立てたようだ。

栗坊が踵《きびす》を返した。

「おい、どこに行く？」

「あそこに船着場がある。代三郎は先に神田に逃げて」

「まだ戦う気か？」

「時を稼ぐだけだよ。長屋で会おう！」

「お前だけ残せるか」

「ぼくは猫になる。できれば神社をさぐってくる。とにかく早く逃げて！」

「……わかった」

目の前には簡素な船着場があった。折良く小舟がとまっていた。誰かが舟から下りようとしていた。

「おーい、それに乗せてくれ！」

飛ぶようにして船着場に駆け込んだ。そこで代三郎は、自分と入れ替わりに陸に上がった人物を見て驚いた。

「吉十郎さん？」

「おお、誰かと思いきや代三郎さんでしたか」

そこにいたのは旅姿の吉十郎だった。故郷に帰るところらしかった。

「熊揺れのようですね。代三郎さんはどちらに？」

「神田に帰ります」

「ならちょうどいい。この舟はこれから四谷の木戸の水門まで戻ります。そこまでをお使いなさい。街道は木戸の東も西も人でごった返していますから」

「吉十郎さんこそ逃げましょう。もっと上流まで舟で運んでもらえばいい」

で大丈夫です」

「ここまでの約束で乗せてもらったのです。わたしは街道を避けて川に沿って行くの

「いまさっきこの目で見たけど、ありゃあ、ただの熊じゃありません。出くわしたら命をとられますよ」

「わたしは山の出ですから、熊をよけて歩く術《すべ》を知っています。ご案じめされるな」

「だから、ただの熊じゃないんですって。化け物みたいにでかいんです」

魔物だと言いたいが、そうもいかない。

「それにこの先は高井戸宿も布田宿も旅籠はみんなやられてしまって泊まるところがありませんよ」

「ははは。どこかの馬小屋でも借りて寝ますかね」

妙なほどの余裕だった。背には三味線の長箱を背負っている。

「旦那、乗るなら乗ってくれ」

小舟の船頭に呼ばれた。

「俺は水番所の者だ。人を乗せているところを上役に見つかったらあとが面倒なんだ。そこの旦那に免じて乗せてやっから、はやく行こう」

吉十郎はよほど金をはずんだらしい。代三郎は「街道に出ちゃいけませんよ」と念

を押して舟に乗った。

「出すぞ」

船頭が竿《さお》で舟を押し出した。町からはまた轟音が鳴り響いた。大筒が奮戦している。だが、その音は舟が離れるとしなくなった。

外を見ていたかったが、「旦那、筵《むしろ》をかけるから頭を下げてくれ」と船頭に頼まれた。見ると、川の岸辺に町から避難してきた人たちが集まっていた。岸から顔を突っ込んで水をごくごく飲んでいる者もいた。なかには怪我人やそれを介抱している人たちもいる。

筵をかけられる瞬間、あの旅籠の女はどうしたか、と思った。

あの女だけではない。すれ違った大勢の人たちは。役人たちは……

舟底に隠れながら、代三郎は船頭のぼやきを聞いた。

「これじゃ上水が血で汚れちまうな。まあ、仕方ねえか」

気のせいか、どこからか三味線の音がした。早弾きに感じたそれは、水面《みなも》を渡る風に邪魔されてすぐに聞こえなくなった。

六　捕物

四谷の木戸からは外堀伝いに歩いた。

内藤新宿が襲われたということで、道は逃げ惑う人や熊の襲来に備えて守りを固める武士たちでごったがえしていた。

途中、神田川でまだ動いていた舟に乗せてもらい、猫手長屋に戻ったのはもう少しで夜四ツ（午後十時頃）といった時間だった。

「内藤新宿から来た？　旦那、そりゃ災難でしたね」

長屋の手前の閉まっている町木戸を開けてくれたのは清吉だった。清吉の本業は大工だが、つい最近まで健康を害していたため木戸番を仕事としていた。大工に復帰したいまも、仕事がないときなどはこうして番人を務めることがあるのだった。

「熊公は見ましたか？」

横の木戸番小屋から出てきたのは常駐で木戸番をしている孫平《まごへい》だった。寝ていたところを声に気づいて起きてきたらしい。

「いや、見たかったんだけど見られなかったよ」

嘘をついた。まさか本当のことは言えない。

「こっちにも来ますかね」

「孫平、大丈夫だよ。内藤新宿はお城の向こうだ。お武家様たちが通しやしねえだろう」

清吉の言うとおりならいいのだが、保証はまったくできなかった。

この時間、普段は寝静まっている神田の町だが、表通りはなんとなくざわついている。自分のように逃げて来た者がいるのだろう。どこからかひそひそ話をしている声が聞こえてくる。遠くの木戸を開け閉めする音も伝わってくる。これが明日の朝にもなれば大騒ぎになるだろう。

栗坊が気になる。吉十郎もどうしただろう。

「清吉さん、孫平さん、何かあったらいつでも俺を起こしてください」

二人に頼んで長屋に戻った。

今日は朝から動き回ってくたくただ。湯屋《ゆうや》にでも行きたいところだがもう閉まっているだろうし、やっていたとしてもこれ以上動く気力がなかった。

家に入り、火鉢の中の火で行灯《あんどん》を灯《とも》して埃《ほこり》と汗にまみれた身体を手拭《てぬぐ》いで拭《ふ》いた。

着流しに着替え、倒れるように居間に転がった。

大の字になり、ぼんやりと光が照らす天井の木目を見ながら、内藤新宿での出来事を振り返った。

魔物に、はじめて負けた。


いいや、負けたもなにも、戦うことすらできなかった。

あの魔物はいったいなんだ。

栗坊の矢がまったく通じなかった。自分がどんなに三味線を鳴らしても動きを封じることができなかった。

いくら思い出しても、あのときできることは他になかった。三味線が増幅させる神力がなければ、自分などなんの役にも立たない木偶《でく》の坊《ぼう》に過ぎないのだ。

栗坊は、どうしただろう。

あいつのことだから猫に転じてすばしこく動いただろう。やすやすとはやられないはずだが、やはり身が案じられる。

魔物は、熊のようななりをしてはいたが人の言葉を操っていた。人獣一体と化した魔物にはこれまでも出くわしたことがある。やつもその類《たぐい》だろう。

「どこだ、か」

魔物は誰かを、何かをさがしていた。匂いを追ってもいた。代三郎と栗坊を、一瞬その相手と間違えたようにも見えた。

わからないことが多い。多すぎる。

高井戸宿で助けた男は、なぜおこりに罹ったかのように意識を失っていたのか。内藤新宿で、魔物はいったいどこから現われたのか。あれは突然過ぎた。

神社が狙われることは予想していた。だが、まさかその神社にいきなり姿を見せるとは思わなかった。そもそもあの巨体だ。動いていれば嫌でも人の目に触れるはずだ。もしかすると魔物は、異界を通って神社から神社へと直接動いているのか。

あるいは、そういうふうにしか動くことができないのか。

それとも街道を別の姿に、たとえば人の姿で移動しているのか。人の言葉を操ることができるということは、人に変化することもまたできるのかもしれない。

なにしろ魔物だ。方法はいくらでもありそうだ。

起き上がって、横に転がしてある三味線を手にとった。

「ありゃりゃ」

見ると、いつの間にか弦が一本切れていた。

「どこで切れたんだ?」

独りごちながら記憶を辿《たど》る。

花園稲荷神社で魔物と相対したときはどうだった。もしあのときに弦が切れていたのだとしたら、いつものようには神力が働かなかっただろう。

やはり、慣れない撥を使ったのが失敗だったか。

頭陀袋の中には予備の撥も入れていた。あっちを使うべきだったか。せめて試してみればよかったか。けれど、あの場面でそんな余裕はなかった。

三味線と一緒に置いてあった鼈甲の撥を取った。

「ありゃまあ」

あらためて見ると、こちらも丈夫なはずの鼈甲の撥に亀裂《きれつ》が入っていた。両端を持って力を込めればすぐに割れてしまいそうだ。

なんてことだ。

いつからひび割れていたのか、こちらも定かではない。

「こりゃあ、俺の過ちだったかな」

三味線の調子は長屋を出る前に確かめてはおいた。だが、せめて内藤新宿に行く前に弦の状態をもう一度見ておくべきだった。撥にしてもそうだ。

自分のしくじりだとしたら栗坊にすまなかった。栗坊だけじゃない。内藤新宿にいた人たちみんなに悪いことをした。

十五のときにはじめて魔物と戦ってから、連戦連勝だった。けっしてそんなつもりはなかったのだが、どこかに驕《おご》りがあったのかもしれない。

「まいったな」

苦笑いしながら、店にある神棚に行った。

暗闇のなか、「大猫さまよ」と郷神を呼んだ。

「しくじっちまったよ。すまない」

返事はない。郷神は、こちらのことなど忘れてしまったかのようだ。

高級茶の三碧露《さんぺきろ》用にとっておいた猫手池の水を水瓶《みずがめ》からすくい、一口飲んだ。猫手村から運んできた神水は、気味悪がられるので客には言っていないが、いつまでたっても腐らなかった。

冷えた水は喉を潤してくれた。一口では足りずに三合ほど一気に飲んだ。

ふう、と息をつく。精気が戻ってきた気がする。

「よし」と居間に戻って切れた弦を張り直しにかかった。

魔物はあのあとどうしたか。おそらくは他処《よそ》でそうだったように内藤新宿でいったんは姿を消しただろう。でなければ今頃は江戸中が大騒ぎだ。

安心はできない。やつはすぐにまた次のどこかへとやって来るはずだ。

狙うとしたらどこか。

甲州街道伝いに来るならば、内藤新宿の次は日本橋だ。

日本橋の大通りにあれが出たらどうなる。想像しただけでもぞっとする。

だが、やつの狙いは神社だ。大通りよりも、むしろこのあたりの神社に出るのではないだろうか。

日枝《ひえ》神社に笠森稲荷《かさもりいなり》、小網《こあみ》神社、水天宮《すいてんぐう》……神社なら十指に余るほどある。天神なら天神と的が定まっていればいいのだが、どうもそうでもないらしいし、待ち構えるのにこちらも的が絞れない。

そんなことを考えながら、なんだ、俺はどうやらまだやる気でいるのだと気がついた。

当たり前だ。このままにしておけるか。

生きていて、およそ人と競ったり、負けて悔しいなどと感じたことのない自分だけど、どうも今回はそれに似た思いが芽生えたらしい。

いかにしたらあれに勝てるのか。ともあれ、弦を直し、撥を変えて臨むだけだった。

夜もだいぶ更けた。

新しい弦を張って試し弾きをしているところだった。居間の先にある裏の戸が開いた。

「まだ起きてたの？」

戸から入ってきたのは童子の栗坊だった。

「お前……」

代三郎が慌てて立ち上がったのは、栗坊がぼろぼろになっていたからだった。衣服は泥で汚れ、手足も顔も擦り傷や小さな切り傷だらけだった。

「そこに座れ。ちょっと待ってろ」

急いで瓶の神水を大きめの茶碗《ちゃわん》に入れて持って来た。

「ありがとう」と手を差し出した栗坊だったが、その手は茶碗に届かなかった。

気を失うように倒れかかった栗坊の腰を腕で支えた。

「大丈夫か」

「ああ……ごめん。うん、大丈夫……じゃないかも」

腕の中で栗坊が小さく笑った。

口元に水を持っていく。唇から水滴を垂らしながら、それでも栗坊は飲んでくれた。

「悪かった、一人にして」

「いいや。代三郎が無事に戻っていてよかった」

「お前にゃあやまらなきゃいけない。帰って見たら、三味線の弦が切れていた。鼈甲の撥もひび割れていた」

「神力が使えなかったのはそのせい？」

「かどうかわからないけど、他に心当たりがない」

「弦はどうしたの」

「いま張り直したところだ。撥も前のやつに変えた」

「今度はいつも通りにいくといいね」

栗坊が水をもう一口飲んだ。

「ふう、おいしい」

「あれからどうした？」

「熊によじのぼった」

「よじのぼった？　無茶したな」

大筒を喰らった熊は、怒り狂ってそれを潰しにかかった。川から町に戻った栗坊は旅籠の屋根に上り、気配を消して熊の背中に飛び乗った。目的は魔物の思念を読み取ることだった。

「まいったよ。あの熊、暴れまくるもんだからつかまってんのがたいへんでさ」

振り落とされまいとしがみついている栗坊の目に、見たくないものが映った。

「魔物のやつ、人を喰らっていた」

高井戸宿の白猫の言うことは嘘ではなかった。

「逃げる人たちを捕まえては、次々に呑《の》み込んでいた」

「なんてこった……人喰い熊か」

そういえば、魔物は「お前たちも喰らってやろう」と言っていた。ただの脅しではなかったのだ。

熊は、通りに据えてある大筒に突進すると、それを前脚ではたいて叩き壊した。鉄砲組は尻餅《しりもち》をついてあたふたと退散した。武士も町人も、喰われぬ者はただ慌てふためいて逃げるばかりだった。

そうこうするうちに、どこからか三味線の音が響いてきた。

熊はその音に反応し、動きを止めた。

すると、今度は熊の背や肩がむくむくと動き始めた。いくつもの突起となったそれは、熊の身体から離れると、人に似た姿の黒い悪鬼となって外に飛び散った。魔物が生んだ使い魔たちだった。

使い魔の群れは、三味線の鳴る方へと駆けて行った。一部は、背につかまっている栗坊に気づき、襲いかかってきた。

これまでかと、栗坊も地面に飛んだ。追ってくる使い魔たちから逃れて神社へと駆けた。

境内まで行ったところで童子に変化し、弓で使い魔たちを射った。

刀を抜き、襲ってくる数匹の使い魔たちと立ち回りを演じた。傷を負いながらも、なんとか使い魔たちを蹴散《けち》らして宿場から脱出した。最後に街道を振り返ったときには、巨大な熊は姿を消していた。

猫に変化した栗坊は、失いそうな意識をどうにか保ちながら、武家地を抜けて城の内堀まで行き、そこから堀沿いに神田に戻って来た。

「武家の屋敷はどこも篝火《かがりび》を焚《た》いて大騒ぎだったね。なにもわかっていないお侍たちが、熊狩りだって、槍をぶんぶん振り回して気勢をあげていたよ」

「おめでたい人たちだな。笑っていられるのもいまのうちなのにな」

「そうだね」

頷くと、栗坊はすっと意識を失いかけた。喋らせすぎたようだ。

「無理するな。もう寝ろ」

「うん。でもまだ全部話していない」

傷の手当てもしてやりたい。代三郎は神水に浸した手拭いで手足の汚れを拭いてやった。

「三味線の音は俺も聞いた」

「やっぱり、代三郎じゃなかったんだね。音が違った」

「高井戸宿の音と同じだろう。使い魔を差し向けるところも同じだ」

「うん。その間に魔物が姿を消すところもね」

「やはり魔物退治か」

「わからない。でもあの三味線の音のおかげでぼくの力も少し増した感じだった。ただ、魔物が倒されたような気配はなかった」

三味線の音の主は誰か。こうなると頭に浮かぶのは吉十郎だった。

「吉十郎さんに会ったの？」

「そうなんだ。ただの偶然だとは思うんだけど、それにしちゃ間がよすぎた」

「吉十郎さんと別れたら、三味線の音がしてきたんだね。ってことは、吉十郎さんが魔物退治だってこと？」

「わからない。お前、この間、あの人の三味線を聴いてなにか感じたか？」

「ううん。あのときはいい音だって他はとくにはなにも。もちろん、千之丞さんからも」

「そうか」

「でも、内藤新宿のあの音は似ていた気もする。もし本人に会えたら……」

そこまで言うと、栗坊は宙に視線を走らせた。

「……無事だといいね」

「ああ。俺も動転していて行くのを止められなかった。情けねえな」

「代三郎が情けないのはいつもじゃない」

「うるさいなあ。さっさと寝ろ。魔物は明日にもまたどこかに現われるぞ」

本当はいますぐあってもおかしくないが、そんなことを言って栗坊を慌てさせたくはなかった。

「そのどこかなんだけど」

栗坊が眠たげだった目を見開いた。

「背にのっているときに、魔物の思念が、一瞬だけど読み取れた」

「なに？」

「一瞬だよ、一瞬。魔物がさがしている相手が見えたんだ」

「どんなやつだ？」

「猫だった」

「猫？」

こくり、と栗坊は頷いた。嫌な予感がした。

「三毛のね」

「三毛猫？」

「おい」と代三郎は言った。

「三毛猫だと？」

「うん。どんな三毛猫か話そうか」

「まさかと思うけど、あの三毛猫じゃないだろうな」

言いながら、胸の中は絶対にそうに違いないという思いに満たされていた。

「あの三毛猫だよ。一瞬だったけどね」

「あ、あ、あのじじい！」

すっくと立ち上がった代三郎に、栗坊が「どこ行くの？」と訊いた。

「どこにも行きゃあしねえよ。そうか。大猫さまか」

大猫さまは普段は雄《おす》の三毛猫として暮らしている。栗坊が見たならそうに違いなかった。

「なんで魔物が大猫さまをさがしているんだよ。そうか、それで郷神のいそうな神社ばかり襲っていたんだな」

「そうみたいだね。あの魔物、大猫さまになにか恨みがあるんじゃないかな」

「だとしたら甲州街道筋の人たちはとんだとばっちりだったな」

「うん。大猫さまをさがして西から東に来たはいいけど、猫手村は結界で護《まも》られているから気付かずに内藤新宿に行っちゃったのかもね」

猫手村は護られた。が、そのおかげで内藤新宿が襲われた。なんとも言えない気分だ。

「誰かあのばか魔物に神無月だって教えてやれないのか。いくらさがしたって、大猫さまはいまはいないぞ」

「魔物もさすがにそれはわかっているんじゃないかな。たぶん、やつがさがしているのは大猫さまがいそうなところに通じる入口とかなんじゃない？」

「面倒な話はともかく、こりゃ思案のしどころだな」

座り直して考えた。

大猫さまの結界は、たとえ本人がいなくても強力だ。神域である猫手神社とそのまわりの猫手村には魔物はやすやすとは入って来られない。ということは、もし魔物が本当に大猫さまをさがしているのだとしたら、このまだと勘違いしたまま江戸市中に入ってきかねない。

家々が密集した町人地で、あんなふうに暴れられたらどうなるか。

犠牲は高井戸宿や内藤新宿の比ではないだろう。人々は大熊に呑まれ、家屋は潰れる。火事が起きるかもしれない。ひとたび火がつけば、魔物の邪気は大火を呼ぶだろう。

「……冗談じゃないぜ」

なんとしても避けねば。早く魔物を見つけて退治せねば。

焦る。が、焦ってもしょうがない。

いま思うと読みが浅かった。八王子のときはまだしも、日野や府中が襲われたときに腰を上げて出張っていればよかった。呑気《のんき》にかまえていた阿呆《あほう》な自分が恨めしい。

「じじい。早く帰って来やがれ」

大猫さまと話がしたかった。もし魔物が大猫さまに恨みを抱いているとしたら、そこにはどんな因縁《いんねん》があるのか。

いや、因縁などどうでもいい。こっちは魔物退治だ。魔物と見れば退治するだけのこと。けれど、今回はしくじってしまった。まるで神力が使えなかった。次もまたこれではお話にならない。それどころか、栗坊も自分も命がないだろう。

なあ、おい、代三郎、ともう一人の自分が言う。

この際だ、知らんぷりを決め込んで逃げちまうってのもひとつの手じゃないか。もともと好きで始めた魔物退治ではない。

大猫さまにやれと言われて、なんとなく自分の意思とは関係のないところで始めてしまったものなのだ。確かに、命を救ってもらった恩はある。けれど、いまとなるとそれもなんだか怪しいのだ。

七歳のとき、子猫の栗坊を助けようとして池に落ちた自分は、大猫さまによって救われた。

それはいいとして、その前に、誰かが自分を水の中に引きずり込んだような感触が記憶として残っているのだ。誰かとは誰か。思い当たるのは一人しかいない。

ごちゃごちゃ考えても意味がない。

早い話、たいした義理はないのだ。逃げたっていいだろう。

「って、わけにはいかないんだよなあ」

苦笑する。ぐうたらで怠け者の自分だけど、なぜか魔物退治から逃げ出そうという気にはなれないのである。

ひょっとしてこの思いすら大猫さまに操られているものかもしれないが、心の底から沸き起こる気持ちに嘘はつけなかった。

明日、魔物は江戸市中、それも日本橋界隈《かいわい》に出てくるおそれが強い。ならばいまはここで待つのが最善の策だ。

栗坊は、いつの間にか猫の姿になって寝息を立てている。限界を超えたのだろう。代三郎も今宵《こよい》はこのまま居間を寝所にして眠ることにした。


戸を叩く音がする。

「代三郎さん、いるか？　いるなら起きてくれ」

切羽詰まった声は、長屋の店子である医師の巡啓《じゅんけい》のものだった。飛び起きて、戸を開くと巡啓の強張《こわば》った顔があった。

「どうした巡啓さん。熊が出たかい？」

「昨日、内藤新宿がやられたという話は聞いた。でもそれじゃない。町方が代三郎さんをさがしているんだ」

「町方が？」

「ああ。さっき外に出たら耳にした。役人たちが代三郎という名の三味線弾きの大家がいる長屋はないかと、そのへんを聞き回っているらしい。心当たりはないか」

「……ある」

「なにかしでかしたのか」

「いや、なにもしでかしちゃいないんだけど」

昨日の内藤新宿での出来事を話した。

「なんだそれは。三味線弾きが熊揺れを呼んでいる？　そんなばかな話があるか」

「それが、お役人さんたちはそのばかな話を本気にしているみたいなんだ」

「で、代三郎さんに縄をかけようというのか」

「どうもそうらしいな」

代三郎は呆《あき》れる巡啓に頷いた。

「町方の連中は、内藤新宿が襲われた責めを代三郎さんに負わせようとしているんじゃないか。そんなことになったら……」

医師が口ごもるのは無理もない。もし罪に問われたら死罪かよくて流罪だ。

「町方はそこまで来ているのかい」

「通り二つ向こうあたりにそれらしき姿があった」

「そうか」

面倒なことになった。

「代三郎さん、逃げろ。こんな無茶苦茶な話があってたまるものか。町方は腹いせに八つ当たりしているだけだ。そのうち頭を冷やすだろう。それまで身を隠せ」

かつて自分のいた九州を逃げ出すようにして関東に来たという経験を持つ巡啓は、あのときの自分の身をいまの代三郎に置き換えているようだった。

「巡啓さん、ありがたく聞いておくけどいまのはなしだ。巡啓さんは今朝は俺には会っていない。はやく自分の家に引っ込んでくれ。俺は一人で勝手に逃げる」

いいや、一人じゃなかった。栗坊も一緒だ。

栗坊は、疲れが癒えぬのかまだ寝ていた。

「わかった。北側の通りは役人たちがいるから駄目だ。南へ逃げろ」

「ありがとう」

いったん戸を閉めた。栗坊は起きない。頭陀袋に寝ている猫を入れる。起きる気配はまったくない。死んだように眠っている。三味線と撥も持った。

店の外から男たちの声が聞こえてきた。もうさがし当てられてしまったようだ。

「おーい、代三郎、いるかあ?」

最初に聞こえたのは、近所に住んでいる岡《おか》っ引《ぴ》きの吾郎《ごろう》の声だった。

どんどん、と店の戸が鳴る。

「いないみたいですぜ」

「確かめろ。木戸から長屋に入れ」

一緒にいるのは役人か。別の声が吾郎に「そう大きな音を立てるな。逃げられたらどうする」と言っている。

「へえ。しかし、ここのぐうたら大家が罪人たあ。なんかの間違いとしか思えませんねえ」

吾郎がこちらに聞こえるようにわざと大きな声を出しているのがわかる。岡っ引きの親分もいちゃもんとしか思えない罪状に納得がいかないのだろう。

裏の戸を開けて外に出た。長屋の連中が何人も出てきていた。みんな代三郎の顔を見て、裏通りに行けと指で示した。

家の横の木戸からはおたまの声がした。

「大家の旦那なら、昨日の朝から出かけて留守ですよ。え、内藤新宿？　さあ、どこに行ったかは存じませんねえ。あんた、昨夜、旦那は帰って来たかい？」

「いいや。俺も孫平も見てねえなあ」

清吉だった。

〈おたまさん、清吉さん、ありがとうよ〉

心で礼を言いながら、棟割長屋の間の路地に入った。後ろで騒ぐ声がする。役人たちが無理矢理入ってきたらしい。

「代三郎、御用だ！」

「御用、御用！」

やばい。追いつかれる。井戸まで行って、路地を曲がって姿を隠した。

「観念せい！」

「さがせさがせ！」

何人いるのか。数人は家の中に押し入ったようだ。すぐにもぬけのからと気づくだろう。

路地を曲がって裏通りに接する塀まで行くと、外の高いところに刺股《さすまた》や袖搦《そでがらみ》の先が見えた。すでに長屋は囲まれているようだ。

役人たちの足音がする。

駄目か。

逃げる間などなかった。ここはじたばたせずにあきらめて捕まる他なさそうだ。あとはどれだけ申し開きができるかだが、代三郎を怪しいと決めつけている役人たちは、はなからこちらの話など聞いてはくれまい。

栗坊はどうするか。ここに置いて行くべきだろうか。目が覚めれば何か手は打ってくれるはずだ。

「そっちか」

「どっちだ！」

追っ手の声が迫る。

「長屋の中も見ろ。どこに隠れているかわからんぞ」

戸を乱暴に開け閉めする音がする。どの家か、赤ん坊が泣いている。

店子《たなこ》のみんなに申し訳ない。捕まったら、おたまも清吉もただでは済まないだろう。

「わっ！」

誰かが転ぶ音がした。

「どうした」

「いや、なんかに足をひっかけた」

だん、とまた音がした。

「お前もか」

「なんだ。なんなんだ」

役人たちは慌てていた。

ひょっとして、と思ったときだった。

「代三郎、とんだ災難だな」

目の前に、おかっぱに兵児帯《へこおび》の童《わらべ》が現われた。近所の家に住み着いている座敷わらしのミイヤにサイサイだった。

「おめが役人どもに追われていると三太が教えてくれてな。なあにしでかした?」

ミイヤは楽しそうだった。

「なにもなにも、魔物にゃぶっ殺されそうになるわ、役人にゃあらぬ疑いをかけられるわで踏んだり蹴ったりだよ」

「おめみてえな怠け者はたまに肝っ玉冷やすような目に遭ったほうがいい」

サイサイもにやにやしていた。

「人のことだと思いやがって。あっちで役人を転ばせてんのは三太か」

「んだ。この隙に逃げっぞ。猫手村でいいか?」

「助かる。神社に頼む」

「お安い御用だ」

ミイヤとサイサイは代三郎の手をとると、「それっ」と声をそろえた。

座敷わらしの早足は光の如《ごと》く速い。

瞬《まばた》きをしたかと思った次の瞬間、代三郎は神田から三里離れた猫手池の辺りに立っていた。

七　巫女

池の前にある鳥居をくぐり、猫手神社の参道に入った。

「神力が通じなかった。そりゃどういうこった?」

階段を上りながら内藤新宿での顚末《てんまつ》を教えると、座敷わらしたちは首をひねった。

「通じなかったというか、まったく神力が出なかったんだよ。あんなことははじめてだよ」

「そらおめえがふぬけていたからだべ」

サイサイに言われ、代三郎は笑った。

「俺《おれ》がふぬけているのはいつものことだよ」

「そりゃそうだな。んじゃあ、三味線《しゃみせん》がふぬけていたんじゃねえか」

「それそれ。そうに違いねえ」とミイヤが相槌《あいづち》を打った。

「ああ、いつかわかんないけど、いつの間にか弦が切れていたんだよ。撥《ばち》も割れていた」

「そーれ、ふぬけていた証拠だ」

「んだなあ、ふぬけにされたんじゃねえか」

サイサイの言葉に、代三郎は「ん？」と立ち止まった。

「いまなんて言った？」

「おらがか？　ふぬけにされたんだって言ったんだ」

「三味線がふぬけにされたっていうのか？」

いまのいままで、代三郎の頭には浮かばなかったことだった。

「誰《だれ》に、どうやって？」

「そげなこたあ知らね。んだけど、そういうこともあっておかしくはね。ほれ、嵐《あらし》や地震のときによ、立派な屋敷なんかでもときどきたいした風や揺れでもねえのにばらけちまうことがあるべ。あれはたいていなんかのはずみで屋敷神《やしきがみ》がふぬけてああなっちまうのよ。他のものにもそんなことがあっておかしくはねえべ」

「んだ、んだ」とミイヤが頷《うなず》く。

座敷わらしたちの言うことはどこまでが本当かわからない。おもしろければ法螺《ほら》でもなんでも吹く連中だ。だが、その言葉の奥にはいつもなにがしかの真理が潜《ひそ》んでいる。何年かのつきあいで代三郎にはそれがわかっていた。

「ありがとうよ。いいことを聞いた」

なにかが引っかかる。サイサイの言ったことは、案外当たっているかもしれない。何者かが故意に代三郎の三味線に、神力を呼ばぬように仕掛けを施した。だとすれば、内藤新宿の一件も説明がつく。

だが、誰が、いつ、そんなことをしたのか。三味線に触れるとすれば、自分の他には栗坊か於巻しかいない。

ふと頭をよぎったのは、神棚《かみだな》の招き猫だった。

鼈甲《べっこう》の撥に神力を授けるべく奉じたら、大猫さまの化身である招き猫が割れた。

〈まさか……〉

なにか嫌なものが胸の中に湧《わ》いた。もやもやとしたそれを、代三郎はとりあえずそのままにした。

階段を上りきると神木《しんぼく》に囲まれた境内《けいだい》だった。

本殿に人気はないが、左手にある少し小ぶりで質素な造りの境内社の社殿の中に灯《あか》りがあった。

白衣《びゃくえ》と緋袴《ひばかま》の上に千早《ちはや》をまとった巫女《みこ》が、祀《まつ》られているだいだらぼっちと猫の木像の前で祝詞《のりと》をあげていた。頭には前天冠《まえてんかん》の頭飾りを乗せ、下ろした髪は絵元結《えもとゆい》で束ねてある。声に、頭陀袋《ずだぶくろ》の中の栗坊がぴくりと動いた。

社殿の前まで行き、代三郎は祝詞が終わるのを待った。

巫女姿の於巻が振り返った。

「無事だったのね。よかった」

「ああ」

昨日の朝からだというのに、なんだか何日も会っていなかったみたいな気がする。

「内藤新宿がやられたって？」

「まるで歯が立たなかったよ。大猫さまはどうだ」

「だーめ。いくら呼んでも出てきやしない。もう疲れた」

於巻は昨日からずっと神社にこもって大猫さまとの交信を試《こころ》みたり、村を護《まも》る結界に緩みが生じないように祈禱《きとう》をつづけていたという。

四人で本殿に上がり、於巻が作り置きしていた茶を飲んだ。眠ったままの栗坊は頭陀袋から外に出して寝かせてやった。

「昨日の夕方、内藤新宿の方角に魔物雲が見えた。あれがそう？」

「ああ、でっけえ熊《くま》の化け物だった。なぜか神力が湧かなくてな。逃げるしかなかった」

「代三郎、そう落ち込むでねえ」

ミイヤに言われて、そうか、自分は落ち込んでいるのかと気が付いた。落ち込んだことがほとんどないのでわからなかったのだ。

「奥州《おうしゅう》じゃ魔物絡みで熊が暴れるのはめずらしくねえ。それを鎮めるのは魔物退治だ」

「んだんだ。今度はぬかりなくやりゃいいだけのことだ。なあに、どれだけでかいか知らねえがどうせ見かけ倒しだ。弱いやつほど自分を大きく見せたがるもんだ」

見てもいないのに適当なことを言って励ましてくれるサイサイに、代三郎は「そうだな」と笑顔で頷いた。

「次はこてんぱんにして鍋《なべ》にでも放《ほう》り込んでやろう」

「熊鍋か」

「いいな」

座敷わらしたちは舌舐《したな》めずりして「きひひ」と笑った。

代三郎は立ち上がり、樹々《きぎ》の合間から江戸の方角を見た。

「魔物雲らしきものは見えないな」

目をこらす代三郎にミイヤが「まあ座れ」と促した。

「まだ魔物は出てねえべ。出たらおらたちに知らせろと仲間に言ってある」

「日本橋あたりに出てくるかもしれないんだ」

「そう焦るでねえ。だいたい栗坊がこのざまじゃ戦えねえべ」

「んだ。いまは休め」

「ぼやぼやしていると、猫手村にも追っ手が来るかもしれない」

「ここになりひそめてりゃやすやすとは見つからねえべ。魔物さえ倒してしまえばすべてはまるく収まるだろ。人間たちはおめでてえから、きれいさっぱり忘れちまうよ」

魔物が起こしたことは、魔物が消えれば人々の頭からも消え失《う》せる。もしくはかわりに別の記憶が宿る。これはどんな魔物にも言えることだった。

「そうよ。ちゃっちゃとやっつけちゃえばいいだけのことよ」

於巻も、わざとなのか気軽な調子で言った。

「それなんだけどな、於巻」

思いついたことを伝えることにした。

「なあに？」

「頼みがあるんだ。せっかく村を護ってくれていたのに申し訳ないんだが、結界を緩めてくれないか」

「結界を？」

「ああ。魔物が大猫さまの気配に勘づく程度に緩めてほしいんだ」

「江戸を護るのに、こっちに魔物をおびき寄せようというわけね。うまくいくかな」

「わからないけど、やつはどうやら大猫さまをさがしているみたいなんだ」

「大猫さまを？　どうして？」

「大猫さまったら、魔物の恨みを買っているみたいなんだよ」

少し離れた床の上から答えたのは童子の栗坊だった。

「栗坊、起きたの？」

「寝ていなくて平気か」

童子の頬《ほお》は疲れが抜けきっていないようで少しこけて見えた。

「大丈夫。でも、できればもう少し休んでいたい」

於巻が急須《きゅうす》の茶を栗坊にも注《つ》いでやった。童子はおいしそうに湯のみをあおった。

「ところで、なんで魔物は大猫さまを恨んでいるの」

於巻の問いに、代三郎と栗坊は「さあ」と首を振った。

「さあもなんも、おおかた前にちょっかい出して痛い目にあったとか、そんなとこじゃねえか」

「前っていつだよ、ミイヤ」

座敷わらしの時間に対する感覚が人間とは違うことはわかっていた。

「おらは知らねえよ。言っただけだ」

「おらも知らねえよ」とサイサイがつづいた。

「大猫さまは二百年前に化け猫退治をしてからこっち、ろくに魔物退治はしていないはずだぞ」

これは大猫さまから聞いた話だった。

「だいたい、俺が十五になるまで、江戸には魔物はしばらく出なかったはずだ」

これも大猫さまから聞かされた話だった。

大猫さまは二百年前の化け猫退治のときにすっかり力を使い果たしてしまって、それからはなかば隠居するように猫手村や江戸を見守ってきた。

だが、最近になってまた江戸に魔物が現われる気配が漂いはじめた。だから代三郎と栗坊に魔物退治の役を負わせた。それから七年あまり、二人は江戸に跋扈《ばっこ》する魔物をことごとく葬ってきた。というのが代三郎の知るすべてだった。

「しているよ」

言ったのは於巻だった。

「しているよって、お前、なにか知っているのか」

「知っているっていうか……」

於巻は言い直すと、こうつづけた。

「大猫さまは、化け猫退治をしたあとも魔物退治をしているはずだよ。だって、代三郎さんが目黒不動で最初の魔物を倒したとき、江戸に魔物が出るのは十年ぶりだって聞いたんでしょう。いまから数えても十七年前のことじゃない。化け猫退治がぴったり二百年前だったとして、その間の百八十三年間はどうだったの。魔物はやっぱり出ていたんじゃないの」

「あ、そうか」

代三郎はぽんと手を打った。

「言われてみりゃそうだな。考えたことなかった」

「うそ。一度も考えたことなかったの？」

「ああ、そんな面倒くさいことは考えたことがなかった」

横で栗坊が「ぷっ」と吹いた。座敷わらしたちもケタケタ笑っていた。

「こりゃあとんだ横着者だ。さすがは代三郎だ」

「抜け方が並じゃねえ。いや、たいしたもんだな」

ミイヤとサイサイは腹を抱えて、ほめているんだかけなしているんだかわからない言葉を並べていた。

「うるせえなあ。って、ちょっと待てよ。じゃあ嘘《うそ》か。すっかり力を使い果たしたってのは嘘か。俺をだまくらかしてこき使うために嘘をついたんだな、あのじじいは！」

じじい、どこにいる、とばかりに腕をまくって立ち上がった代三郎の裾《すそ》を「違うよ」と於巻がつかんだ。

「よく考えてよ。代三郎さん、あなたはなに？」

「俺？　ぐうたら大家」

「じゃなくて」

「魔物退治」

「そうでしょ。郷神《さとがみ》の大猫さまに力を託された魔物退治でしょう。ってことは、江戸には他にも自分みたいな魔物退治がいたかもしれないって考えないの？」

「俺みたいなやつがいたってことか。大猫さまにたぶらかされて、いいようにこき使われていたかわいそうなやつが、俺のほかにもいたってことか。そのかわいそうなやつはどこいったんだ」

「わたしは、じゃないのって言いたいだけ」

確かに、そう考えれば辻褄《つじつま》が合う。

「とにかく、これでわかったわ。その魔物は大猫さまに恨みがある。だから結界を解けば大猫さまの神域の匂《にお》いにつられてここにやってくる。そいつを退治すればいいだけのことね」

「そうだな」

「わたしがやるわ」

「なんでお前が。それは俺と栗坊の仕事だ」

「今度のこれは黙って見てはいられない気がする。いいでしょ」

「代三郎」と栗坊が呼んだ。

「今回は於巻と三人で力を合わせた方がいい。あれは強いよ」

「お前がそう言うなら……」

座敷わらしたちも「それがいいべ」と頷いていた。

なんかおもしろくないがしょうがなかった。

於巻には、自分にはない力がある。

猫への変化もそうだが、ちゃんばらなどをやらせても於巻は代三郎よりよほど腕が立つ。実家にある道場でも、代三郎は面倒臭がって寄り付かなかったが、於巻は兄たちや姉相手に熱心に剣や薙刀《なぎなた》の稽古《けいこ》に励んだ。

ただ、魔物が相手となるとそれがどれだけ役に立つかはわからない。大猫さまに授けられた神力もいかほどのものか、その点に関しても予想はつかなかった。

子どもの頃《ころ》、於巻が猫に変化できるようになったことを、代三郎は純粋に羨《うらや》ましいと感じていた。

「ちぇっ、大猫さまめ。於巻ばかり贔屓《ひいき》しやがって」などと思ったものだ。

だが、魔物退治となったいまは違う。

あのじじい、於巻にまでおかしな力を与えやがって。

こう思うことの方が多いのだ。

俺のそばにいるからって、どうしてそっとしておいてやれないのか。なんで普通の娘として生きられるようにしてやらなかったのか。

祖母が早くに亡くなったのがよくなかった。祖母がいれば、於巻はもう少し守られていた気がするのだ。

まあ、いまさらいくら思っても詮無《せんな》いことだ。

「さあてと」

代三郎が物思いに耽《ふけ》っている横で、於巻が立ち上がった。

「じゃあ、さっそく結界を解くよ。ぼやぼやしているうちに江戸がやられちゃうかもしれないでしょ」

「そうしてくれ」

本当は栗坊の完全な回復を待ちたかった。それに、どうせ逃げるほか道はないのだが、実家や村の者たちに熊揺れに備えさせてもおきたい。いっぽうで、一刻の猶予もないというのも本当のところだった。

「おらたちも神田に帰るか」

「んだな」

ミイヤとサイサイも立った。

「二人とも、恩に着るよ」

「なあに、もし江戸に熊公が出たらすぐ知らせっから。それでいいか」

「おらたちじゃなきゃ、三太か誰かに来させるべ」

「それでいい。助かる」

「熊絡みの魔物は人の世に恨みを持っているもんがほとんどだ」

「恨みを晴らすか忘れさせれば元の熊に戻るべ」

「そういうものなのか」

どうであれ、魔物は滅する。それが自分と栗坊の役目だった。

座敷わらしたちが去ると、於巻と一緒に横の社殿に行った。

「あれ、あいつらどこ行った？」

代三郎が言う「あいつら」とは、御神体の木像たちのことだった。

「どっかそのへんで遊んでいるんじゃない」

「まったく、人に見られたらどうするんだよ」

付喪神《つくもがみ》が宿った木像たちは自力で動き回ることができる。この様子だと社殿から外に出ては遊びまわっているようだ。

「どかす手間がはぶけていいわよ」

於巻が、いつもは御神体が鎮座している台を兼ねた長箱の蓋《ふた》に手を伸ばす。代三郎と栗坊も手伝った。

長箱の中には、囲碁盤のような足付きの台が置いてあった。台の上には白い紙縒《こより》でつながれた十二本の棒が等間隔で挿してある。

「東がいいよね」

白い指が、方角にして東に当たる部分の紐《ひも》を解《ほど》いて棒から外した。そこに大麻《おおぬさ》をかざして「ニャッニャッ」と声に出して振った。

「あいかわらず気合いの入らない清め方だなあ」

「だって、大猫さまにこうしろって言われたんだもん」

「これで結界は解けたのか」

「うん。東の方に大猫さまの匂いを放った。いまの季節は西風だからすぐ届くんじゃない」

でも、と於巻は呟《つぶや》いた。

「よかったのかな。江戸の町は護れても、村がやられるかもしれない」

「そいつを言うな」

考えたくないことだった。

「魔物のやつが早いとここを見つけてくれるのを祈るばかりだね。もし村に出たら、ぼくが飛んで行っておびきよせるよ」

栗坊はこともなげに言う。

「ときどき思うんだけど、お前って俺より気楽なたちだよな」

「猫だからね」

そう言われたらそれまでだ。

神社の近くに人が少ないのがせめてもの救いだ。いちばん近い家でも三丁（約三百二十四メートル）離れている。他ならぬ自分の実家だった。

「ところで、家には顔を出したのか」

於巻に訊《き》いた。

「ううん、ずっとここにいる」

「食い物は足りているか」

「供物をいただいているわ」

境内の端にある住居を兼ねた社務所には、米や酒などたまった供物が保管してあった。家の者はたまに来る程度で普段は空き家になっている。

ぐうう、と代三郎の腹が鳴った。

「あらら。朝餉《あさげ》はどうしたの」

「お役人から逃げるのに必死でそれどころじゃなかったよ」

「じゃ、ちょっと早いけど昼餉にしようか」

於巻が袖《そで》をまくった。

「腹が減っては戦はできないからね」

代三郎と栗坊は「んだんだ」と座敷わらしたちの真似《まね》をして頷いた。

八　復讐鬼

案に相違して、魔物はなかなか現われなかった。

あれから三日が過ぎたが、江戸の町にも熊は出ていない。今朝、それを知らせてくれたのは、ミイヤとサイサイに使いを頼まれた三太だった。

話によると、江戸はどこもかしこも厳戒態勢にあるという。

町木戸や主だった神社にはすべて武装した役人たちが配置され、夜の他出は急病や出産に駆けつける医師や産婆《さんば》以外は禁止となった。奉行所だけでは人数が足らず、旗本や大名屋敷からも応援が駆り出されている。

禁止されたのは夜の他出だけではない。三味線を奏でることも御法度《ごはっと》となった。市中には「三味線の音は魔物を呼ぶ」という噂《うわさ》が流布《るふ》しており、お上もそうした不安の声に応《こた》えざるを得なかったのだ。

心配していた猫手長屋のみんなは平穏に暮らしている。役人たちはあいかわらず代三郎の行方をさがしているというが、実際は町の警備に忙しく、あれからは日に二、三度、吾郎がやる気のない顔で「あいつは帰ったかい？　ああ、そうか。まだか」と様子を窺《うかが》いに来るだけだという。

三太の話から見えてくるのは、魔物は依然として江戸かその近辺の何処《どこ》かにいるということだ。

でなければ、人々は巨大な熊のことなど忘れてしまっている。内藤新宿も高井戸宿の被害もただの地震によるものだという解釈がなされているはずだ。代三郎への嫌疑もなかったことになっているだろう。

魔物は、必ずまた現われる。

あるいはこちらの匂いに気づき、すでに近くまで来ているかもしれない。

役人の探索の手も緩んでいるようだが油断はできない。代三郎が猫手村の濱田家の者だということはすでに奉行所も知っているはずだ。家にも追っ手が来ているかもしれない。迂闊《うかつ》に顔を出すわけにはいかなかった。

高台の神社から眺める村の景色には、変わったところがない。

斜面一面の茶畑も、その下を流れる川も、石垣や松などの木々に囲まれた実家の屋敷や蔵も、周辺の田畑や民家もいつもと変わらぬのどかな空の下にあった。足もとの猫手池も澄んだ水を湛《たた》えている。遠くには丹沢《たんざわ》の山並とその向こうに顔を出す富士《ふじ》が見える。

於巻はといえば、三度の食事のほかは社殿で祝詞をあげたり、神楽殿《かぐらでん》で舞の稽古に励んでいる。

栗坊はもっぱら寝ているが、だいぶ回復したようで、森に入っては剣や神木の枝を振り回している。ときおりは神社から出て猫の姿で村を散歩してもいるようだった。

代三郎は御神木の枝で新しい撥を作ったり、境内の奥の雑木林にある洞窟《どうくつ》で三味線を鳴らして過ごした。

神社には、多くはないが、朝か夕方に誰かが参拝に来る。たいていは急な階段を避けて、池の前の鳥居で頭を下げて済ますだけだが、なかには上って来る人間もいる。

そういうときは御神体のだいだらぼっちや猫が教えてくれるので、先に姿の見えぬところに行ってやり過ごした。

昼、神楽殿で昼寝を決め込んでいると三太がきた。今日は二度目だった。

今度は一人ではなかった。

「代三郎、この人には俺が見えるんだよ」

三太がともなっていたのは、会いたいと思っていた人物だった。

「吉十郎さん、無事でしたか」

代三郎の問いに、吉十郎は「はい」と頷いた。

話したいことはたくさんある。が、まずは礼を言わねばならなかった。

「あのときは助かりました。おかげでこうして生きています」

「代三郎さん、こっちこそ助かったのです」

吉十郎は変わらぬ端整な顔に笑みを浮かべて言った。その首には白い布が巻かれていた。布は左腕を吊《つ》っていた。

「怪我《けが》をしたんですか」

「ええ、あのあと、内藤新宿で」

「結局、熊に出くわしましたか」

「ええ、まあ」

苦笑いを浮かべる吉十郎に、気がついて寄ってきた栗坊が童子に変化して尋ねた。

「あの三味線の音はあなたですか」

おや、という顔をした吉十郎は逆に訊いた。

「もしやすると坊やは代三郎さんの矛かな？」

「そうだよ。内藤新宿のあの三味線の音は吉十郎さんでしょう」

「いかにも」

これではっきりした。

「ということは吉十郎さん、あんたは魔物退治なのかい？」

代三郎に訊かれて、吉十郎は「ええ」と答えた。

「もはや隠す必要はないと思いまして。こっちの三太さんに頼んでここに案内してもらったんです」

三太が説明してくれた。

猫手長屋の代三郎の家の縁台で昼寝をしていたら、吉十郎が来て「坊、ちょいといいですか」と話しかけてきたのだという。

「姿を消していたはずなのにこの人が声をかけてくるからさ、びっくりしたんだよ」

驚いて跳ね起きた三太に、吉十郎は代三郎を訪ねて来たと伝えた。そこで三太は早足で吉十郎を猫手村へと連れて来たのだという。

吉十郎は三太の話が終わると、代三郎と栗坊に向かって首《こうべ》を垂れた。

「申し訳ありませんでした」

頭を下げた吉十郎は、こう言い添えた。

「お二人には迷惑をかけました。危うい目にもあわせてしまった。今日はそれを詫《わ》びようと長屋を訪ねたのです」

社殿にいた於巻がやって来るのが見えた。

「あの巫女は、こちらの？」

吉十郎の問いに「あいつなら、何を話しても大丈夫です」と於巻が誰かを教えた。

「こちらは小原宿から来た吉十郎さんだ。俺と同じ魔物退治だ」

神楽殿に上がった於巻に吉十郎を紹介した。

「魔物退治？　あの撥をくださったお方というのは」

「わたしです。お詫びしたいのは、その撥のことなのです」

吉十郎は神妙な顔をしていた。

「どういうこと？」と栗坊が話を促した。

「代三郎さんは、あの撥を内藤新宿で魔物を相手にお使いになられましたか」

「ええ」

「まるで役に立たなかったのではありませんか」

「その通りです」

「申し訳ない。あの撥には神力を吸い込んで封じてしまう。そういう力があるのです。江戸の職人に頼んで作らせたというのも嘘です。あれはわたしが父より託された鼈甲で作った魔物退治封じの撥なのです」

「魔物退治封じの撥？」

はじめて耳にするものだった。

「わたしも詳しくは知りません。父からは、ただ、あの鼈甲にはそういうまじないがかけられていると聞いただけです。わたし以外の者が持つとそばに置くだけで神力が弱まる、と。しかし、わたしの考えが甘かった。代三郎さんは撥を受け取ってはくれたが、よもやそれを魔物退治に使うとまでは思っていませんでした。わたしの目的は、撥を代三郎さんのそばに置き、魔物を退治できぬ程度に神力を弱めることだったのです」

ところが、代三郎はその撥を魔物退治に使ってしまった。そばに置くだけで神力を弱める撥を本番で用いたのでは、てんで歯が立たないのは当然だった。

「おそらく一歩間違えば命を落とされていたことでしょう。まことに申し訳なかった。この通りです」

　吉十郎が床に手をついた。

「あの撥を魔物退治に使おうって言ったのは、ぼくなんだよね」

　申し訳なさそうに栗坊が呟いた。「気にするな。神棚に置いたのは俺だ」と返しておく。

　これでわかった。なぜ神棚の招き猫が割れたのか。目には見えぬところで、神力とそれを封じる力が鬩《せめ》ぎ合っていたのだ。

「吉十郎さん、手をあげてください。まだお聞きしたいことがあります」

　代三郎に言われ、吉十郎は伏していた顔をあげた。

「魔物はどうなりました？　その怪我は、魔物と戦って負ったものですか」

「はい」と吉十郎は唇を噛《か》んだ。

「ここで勝負を決めるつもりでした。もう少しで封じることができると思ったのですが、魔物の力の方が上でした。もはやわたしひとりでは如何《いかん》ともしがたいところまできています」

「その魔物は、いまどこに？」と於巻が訊いた。

「さあ、江戸のどこかに、あるいはまだ内藤新宿にいるかもしれません。おそらく人の姿に変化して、わたしとのやりあいで消耗した身体《からだ》が癒《い》えるのを待っているはずです」

宿場から宿場、そして神社に、魔物が誰にも気どられずに移動できたのは人の姿に変化していたからだろう。吉十郎の話を聞いて謎《なぞ》がひとつ解けた。

「吉十郎さん、やつは誰かに恨みを抱いているようですね。そうじゃありませんか」

「抱くというか、やつは恨みの塊です。恨みの権化です」

座敷わらしたちが言っていたことは間違いではないようだ。熊の姿をした魔物はたいてい人の世への恨みから暴れている。なぜそうなるのかはともかく、このようなことを起こすというのは相当な恨みがあるのだろう。

「恨みを、大猫さまに持っているというの？」

於巻の言葉に、吉十郎がぴくっと反応した。

「大猫さま？」

「ここの祭神の郷神さまです。いまは神無月《かんなづき》で留守だけど」

「……大猫さまが、ここに？」

「大猫さまを知っているの？」

「ええ。大猫さまには恩があります」

吉十郎は感に堪《た》えないといった顔であたりを見回した。

「そうですか。大猫さまは、ここにおられたのか」

「吉十郎さん、魔物は大猫さまに恨みを抱いているんじゃありませんか。内藤新宿でこの子が見たんです。魔物の思念の中に大猫さまの姿があったと」

於巻に問われ、「ええ」と吉十郎は認めた。

「やつは大猫さまに激しい怒りを抱いています。甲州街道を東へと進んで来たのも、大猫さまの影を追ってのことだと思います。大猫さまは甲州街道を東に行った何処かにいる。やつが知っているのはそれだけなのです」

「やっぱりだ」

代三郎は口をひん曲げた。

「あのじじいのおかげで、街道沿いの宿場はえらい迷惑を被ったってわけだ」

「そればかりではありません」

吉十郎が急いで口をはさんだ。

「やつは人も神も大嫌いなのです。大猫さまをさがしながら、姿や気配がなければないで他の郷神を倒せばいいと社《やしろ》を襲っているのです」

「間抜けな魔物だなあ。いまは神無月でどこにも神さまなんかいないのに」

後ろで聞いていた三太が言った。

「怒りに頭が沸騰しているやつに、いまがいつなどということは関係ないのです。やつはわたしのこともすでに忘れてしまったようなのです」

口ぶりからすると、吉十郎は魔物を以前から知っているようだった。

「やつはわたしが封じなければならない。その思いだけで、これまで三味線の修業を積んできたというのに……」

「俺たちの邪魔をしたのはなぜですか」

いちばん知りたいことだった。

「困るからです。代三郎さんにやつを倒されては」

「魔物を倒しちゃいけないの？」

栗坊がきょとんとした顔で言った。

「だって、魔物だよ。倒さなきゃ。滅さなきゃ」

「そうですね」

吉十郎は笑った。

「もはや、そうする以外に道はなさそうです。だからわたしはここに来たのです。代三郎さんと栗坊殿、あなたたちにあやまり、ともにやつを葬ろうと」

「いろいろとご事情がありそうですね」

於巻が「すべて聞きたいです」と頼んだ。

「もちろんです」と吉十郎は答え、切り出した。

「あの魔物は、わたしの父なのです」


吉十郎は、甲州のとある地で、熊を崇拝する土地の郷神の子として生まれたという。

その地では、郷神は普段は人として生き、行商をして家族を養っていた。四人兄弟の長男である吉十郎は幼い頃から乾物の行商で各地を旅する父についてまわっていた。

行商というのは事実であったが、仮の姿でもあった。

郷神である父は、同時に街道を守る道祖神でもあり、魔物退治でもあった。

その息子である吉十郎もまた、商いの手伝いをしながら魔物退治の修業を積んでいた。

父子は一年の半分以上を旅をして暮らした。そして街道筋に出没する魔物を退治していた。

魔物と戦うとき、吉十郎は代三郎が三味線を鳴らすように笛の音を奏でた。すると父は熊神に変化し、矛となって魔物を倒した。吉十郎が使う笛は鼈甲でできた珍しいものであった。先祖代々伝わるというその笛を前に、父はよく吉十郎にこう言った。

「これがあるからこそ、我らは魔物退治たり得るのだ」

笛の素材である鼈甲には、数代前の、神力がとくに強かった先祖が特殊なまじないをかけていた。

「よいか、吉十郎。この笛は我が一族が使う場合は神力の助けになるが、他の魔物退治が使えば逆にその力を封じることになる。そばに置くだけでもその神力を削《そ》ぐこととなる。心して扱うのだぞ」

親子は行商に出るたび、御守りとして笛だけでなく残っていた鼈甲の塊を携えて歩いた。家宝である鼈甲を持つのは吉十郎の役目だった。

当時、甲州街道筋には魔物が頻繁に出没した。だが、吉十郎たち父子《おやこ》を手こずらせるような厄介な魔物はそういなかった。息子の慢心を案じてか、父はことあるたび戒めを口にした。

「本当に強い魔物はこんなものではないぞ」

そしてこう付け加えるのだった。

「いちばん怖い魔物とは、人の心に棲《す》みつく魔物だ」と。

幼かった吉十郎には父の言う意味がよくわからなかった。そんな魔物といつの日か相見《あいまみ》えるときがきたとしても、おそれずに立ち向かえばいいのだろうと思うしかなかった。

ときには父はこんなことも口にした。

「郷神になど生まれなければよかった。そうすれば、我が子を魔物退治になどせずに済んだものを」

母や妹、弟たちは、父が郷神であることを知らなかった。知っていたのは吉十郎だけだ。父は本当は吉十郎もただの人間の子として育てるつもりだった。だが、ある日、戯れに吉十郎に鼈甲の笛を吹かせてみたところ、その才に気がついたのだという。

「お前の笛の音には神力が感じられた。そのとき、わしは悟ったのだ、この子もまたわしと同じ運命を背負っているのだとな」

父の話からすると、どうやら自分たちの一族にはときおり父や自分のような神力を持つ者が生まれるらしかった。神力を持つ者は郷神や魔物退治になる。一族にはそうした不文律があったようだ。

どちらかというと気難しいところのある父は、行商人でありながら人づきあいが苦手だった。そのためか村では変人扱いされていた。いま思えば人が嫌いだったのかもしれない。そんな自分が世を護る郷神であることを、父はどう己の内で咀嚼《そしゃく》していたのだろうか。

郷神といっても、父には神の世を通じて何処へとも自由に行けるような力はなかった。その神力はもっぱら魔物を見つけたり、崖崩《がけくず》れや倒木など街道に起きる災厄を見極めるときに発揮された。それも、せいぜい察知できるのは半里ほどの距離に限られた。

父に言わせれば「しょせんわしは下々の神でしかないのよ」とのことだった。ひょっとすると父は、神であることもまた忌まわしきことと感じていたのかもしれない。人嫌いであったかもしれぬが、父は家族を大事にしていた。行商先で出会ったという母とは深く愛しあっていた。家で家族と過ごしているときだけは、父も柔和な笑顔を見せた。

吉十郎が十歳のときだった。村で疫病が流行《はや》った。風邪《かぜ》に似た伝染病であったが、風邪と違うのはいったんかかると治りが遅く、死に至る者が桁外《けたはず》れに多いという恐ろしい病だった。

村が疫病に襲われたとき、父と吉十郎はそれを知らずに別の土地にいた。疫病の噂が二人の耳に入ったのは、実際に病が流行りはじめて一月ほど経《た》った頃だった。甲府《こうふ》の近くにいた父と吉十郎は、急いで相州との国境《くにざかい》の手前に位置する自分たちの村へと帰った。知ったのが遅かったのは、どうやら噂が広まることを恐れた村人たちが互いに口を封じていたからだったらしい。

帰ってみると、村のはずれにあった吉十郎の家は火事で焼け落ちていた。

母と妹、二人の弟は亡くなっていた。

村人たちの話では、一家は疫病に罹患《りかん》していたという。そこに風の強い晩、不意に火事が起こり、病で弱っていた母子四人は逃げ遅れて亡くなってしまった。

驚く父と吉十郎に、村人たちは骨ばかりとなった遺骸《いがい》は骨壺《こつつぼ》に入れ、神域である裏山の祠《ほこら》に納めたと教えた。

「お前たちははやく村から出て行け」

こっそり耳打ちしてきたのは、日頃からつきあいのある村人の一人だった。父と吉十郎は耳を疑った。

「疫病は外から入ってきたものだ。村の中には行商人のお前たちが運んできたのではないかと疑っている者が少なくない。なかにはお前たちを打ち殺してしまえなどと息巻いている者もおる。これ以上なにも起こらぬうちに早く村から消えろ」

呆然《ぼうぜん》とした父は、吉十郎を連れて熊を祀《まつ》る裏山に登った。そして吉十郎に「ここにいろ」と堂で待つように命じると、自分は妻や子の骨壺がある祠にこもった。父がこもる前に吉十郎も見た骨壺の中には、とても四人分とは思えぬわずかな骨しか入っていなかった。これが母や妹、弟のなれの果てだとは、吉十郎にはすぐには信じることができなかった。

五日の間、父は祠から出てこなかった。

心配になって吉十郎が覗《のぞ》くと、なにやら真言《しんごん》の類《たぐい》を口にしている父の声だけが聞こえてきた。その声を耳にして、父は無事でいるのだと吉十郎は自分に言い聞かせた。

五日後、ふたたび姿を現わした父は、以前の父ではなくなっていた。

「みねたちを殺《あや》めたのは村のやつらだ」

みねとは母の名だった。「殺めた」という言葉に吉十郎は愕然《がくぜん》とした。

「やつらは病に罹《かか》ったみねたちを斬《き》り殺し、家ごと焼いた。焼け残った骨には油を撒《ま》き、さらに焼いた。かすかに残ったものも粉々に砕き土深くに埋めた。その骨壺にあるのは犬の骨だ」

にわかには信じがたい話だったが、同時に説得力もあった。

「村のやつらは我らが外から病を運んできたと信じておったのだ。そこでもとを断とうと我が妻子を殺めた。やつらは我々も疫病で行き倒れているだろうと思っていたようだが、万が一、戻って来たときに備えて犬の骨が入った骨壺を用意していたのだ」

「なんですって」

事実だとしたら、こんなひどい話はない。

「父さまにはなぜそれがわかったのですか」

問う息子に、父は答えた。

「みねから聞いた」

「えっ？」

「この五日、黄泉《よみ》を彷徨《さまよ》うみねたちをさがした。そして声を聞いたのだ。村のやつらがなにをしたのか、すべてを耳にした」

父の目は憤怒に燃え盛っていた。

「父さま……」

「わしは郷神だ。人嫌いだが、それでも人を愛した。だからこそ家族を持った。だが、人間どもは愚かしい猜疑心《さいぎしん》から我が愛する者たちを惨殺した。許さん」

「許さんとはどういうことです」

「殺す」

吉十郎は言葉がなかった。ここは父と一緒に怒りに身をまかせるべきではないかと思ったが、自分の中のなにかがそれに抗《あらが》った。

「父さま、お待ちください。これこそ魔物が引き起こしたことなのではありませんか」

頭の中にあったのは、かつて父が自分に言った「いちばん怖い魔物とは、人の心に棲みつく魔物だ」という言葉であった。

そこに、手に得物を持った男たちが山を登ってきた。

「郷吉《さときち》、ここにいたか」

父の名を呼んだのは、村の有力者の一人だった。

「病に罹ってねえってのは本当みてえだな。いいや、それともどこかで臥《ふ》せっていたが運よく治って戻ってきたか。だがその運もここまでだ」

男たちは数えてみると八人いた。父と吉十郎はたちまち囲まれてしまった。

「おい、小僧はどうする？」

「一人だけ残したんじゃ寂しいだろう」

もうわかった。病の恐怖に取り憑《つ》かれ、母たちを殺めたのはこの男たちだ。

「郷吉、吉十郎、悪く思うな。村の皆の総意だ。お前たちにはここで死んでもらう。病の種を村に持ち込んだ罰だ。観念しろ」

「村の皆というのは、誰と誰だ」

父が尋ねた。

「全員だ。赤ん坊から童《わらべ》に女子《おなご》、爺《じい》さま婆《ばあ》さまにいたるまで全員だ」

「そうか」

頷くと、吉十郎が止める間もなく父は動いた。

父だったものが、むくむくと大きくなり、巨大な黒熊に変化するのを吉十郎はこの目で見た。

「く、熊神さまじゃ！」

村人が叫んだ。まともな声を聞いたのはそれだけだった。あとはひたすら悲鳴と絶叫だった。

父が変化した熊は、一瞬のうちに八人の村人を張り倒し、次々に呑《の》み込んでしまった。

呆気《あっけ》にとられている吉十郎に、熊はなにか合図でもするように顎《あご》をしゃくって小さく吠《ほ》えると、斜面の木々をなぎ倒しながら眼下の村へと駆け下りて行った。

「と、父さま……」

父になにが起きたかはわかった。祭神の熊を我が身に取り込んだ父は、怒りに身をまかせ、復讐《ふくしゅう》に走ったのだった。

吉十郎が父を追って村に入ったときには、すでに村は壊滅していた。父の姿はどこにもなかった。


「あの熊は、じゃあ……」

話を聞いた代三郎は絶句した。

「そうです。あの熊は我が父が魔物に変化した姿なのです」

吉十郎の顔は苦悶《くもん》に歪《ゆが》んでいた。

「郷の人たちを護る郷神が魔物に変化するとはなあ」

そんな話は聞いたことがなかった。栗坊も眉間にしわを寄せていた。

「吉十郎さん」

於巻がいたわるように言った。

「喉《のど》が渇いたでしょう。新しい茶を持って来ますから、つづきを聞かせてください」

「ええ。頂戴《ちょうだい》します」

「それなら場所を変えよう」

社務所に行って、皆で囲炉裏《いろり》を囲むことにした。

魔物に変化した郷吉は、怒りが収まらぬのか、その後も甲州街道周辺の村々で殺戮《さつりく》をつづけた。

吉十郎は父を追った。幾度かは説得を試みた。だが父は「お前は見ていればよい」と答えるのみであった。そのうち声をかけても答えすらしなくなった。

あるとき、とうとう父は小原宿付近まで達した。ここを過ぎて峠《とうげ》を越えれば、江戸へとつづく平野だった。

そこではじめて父に立ち向かう者が現われた。土地の郷神である女神と、その夫である魔物退治だった。父より一足早く彼女らの神社で郷神に会った吉十郎は、どうにか父を元の姿に戻してほしいと懇願した。だが郷神は「自分たちにそんなことができるかどうか、約束はできない」と首を左右に振った。

「それどころか、油断するとこちらがやられてしまいかねない。そなたの父の力はいまやわたしたち程度の者では御しきれないのだよ」

郷神の不安は的中した。

父は魔物退治を押し潰《つぶ》すと、郷神も引き裂いてしまった。

むろん、父も無傷ではいられなかった。手傷を負った父は、郷神と魔物退治が残した赤子をたいらげようと境内の一角にある彼らの家に足を向けた。

「父さま！」

吉十郎は父に懇願した。

「せめて赤子ばかりはお助けを」

だが、父に聞く耳はなかった。

「どけ。どかぬとお前も喰《く》うぞ」

信じられない言葉だった。

吉十郎は帯に挟んでいた笛を出した。

「なんの真似だ？」

神力で父を止めようとした吉十郎だが、笛を吹くなり父は咆哮《ほうこう》した。

唇に当てていた笛がばらばらに砕けた。

駄目だ。

観念したときだった。

「お待ち！」

父の背後で声がした。

「どでかい熊さんだね。これ以上の狼藉《ろうぜき》はあたしらが許さないよ」

声の主は、肩に三毛猫を乗せた女だった。手には三味線があった。

「なんだお前らは。どこから来た？」

父の問いに、女の肩から下りた三毛猫が老人の姿に転じて東の空を指差した。

「峠のあっちじゃよ。ま、お前さんには関係のない話だが」

言うと、老人は「ふぁっふぁっふぁっ」と高笑いした。

「お前さんはどうせここでおしまいじゃ。山でも黄泉でも帰るがいい」

「貴様、郷神だな」

「さよう。と、話はここまでじゃ」

女が三味線を鳴らした。途端、熊の顔が苦痛にひきつった。

「なんだ、この音は……」

三味線の音は早かった。その音が宙にいくつもの輪を描いて熊の身を包んでいく。

熊が咆哮した。いくつかの輪が弾《はじ》けた。

女はさらに三味線を弾いた。息をつかせぬような早弾きだった。

熊がふたたび咆哮する。あがくように四肢をばたつかせる。だが三味線の音が繰り出す輪の方が多い。

無様に転げながら、それでも熊は近くにあった木を根ごと持ち上げて女と老人に投げつけた。

勢いよく飛んで行く木は、しかし、二人の前で壁に当たったかのように跳ね返されてしまった。

〈……すごい〉

吉十郎は三味線使いの強さに目を見張った。あれも魔物退治か。だとすれば、自分たちとは格が違う。あの女人に比べれば、自分などまさに子どもでしかない。

あれほど手のつけられなかった父が、どんどんがんじがらめにされていく。

しまいには動きのとれなくなった熊は、どうと地面に横倒しになった。

身動きがとれずに置物のようになっている熊に、老人が近づいた。

「どーれどれ、見せてみぃ」

老人は熊の口を覗いた。

「またいっぱい喰ったもんだな。そこまで人間が憎いか」

口を自由に動かせない熊は思念で〈憎い〉と答えた。

〈人間の世など滅ぼしてくれよう〉

「お前さん一匹でそんなことできるわけないじゃろ。熊の頭だってわかりそうなものじゃがな」

言うと、老人は「ふぉっふぉっふぉっ」と肩を揺らした。

〈おのれ！〉

力を振り絞って動こうとした熊だったが、女の三味線がそれを邪魔した。

「大猫さま、どうしますかね、この熊さん」

女が問うた。

「そうじゃのう。やっぱり熊鍋かのう。ふぁっふぁっふぁっ」

老人はとぼけた調子で言うと、持っていた杖《つえ》で熊の腹を突いた。熊は悔しそうに「ぐうう〜」と唸《うな》り声を絞り出すのが精一杯だった。老人はそこに耳を寄せた。

「なんじゃ？　わしをとっつかまえて牙《きば》で百回噛んだあとに殺してやるじゃと？　おお、こわいこわい。ふぁっふぁっふぁっ」

おちょくってくる老人に、熊は怒りをたぎらせていた。だが、なにをどうすることもできない。

「憐《あわ》れよのう。お主、百万回転生してもわしらには勝てんぞ。なんせわしゃ江戸を護る唯一無二の大神さまじゃからな。そのへんの田舎神《いなかがみ》と一緒にしてもらっては困るのじゃ」

楽しんでいるのか、老人は「じゃっ、じゃっ、じゃっ」と三回つづけたあと、ひときわ甲高い声で「ふぁっふぁっふぁっふぁっ」と哄笑《こうしょう》した。ほっとくといつまでも魔物を小馬鹿にしつづけていそうだった。女が横で「はあ、やれやれ」と額に手を当てていた。

「大猫さま。熊さん、悔しくて歯ぎしりしているよ。そのへんにしてあげたら？」

「やだ。ふぁっふぁっふぁっ」

〈許さん！〉

魔物の思念が響いた。

〈このわしを愚弄《ぐろう》しおって。貴様らだけは絶対に許さん。たとえ地獄に落ちようと這《は》い上がってその身を裂いてくれる〉

「んー、なんか言っちょるの。よく聞こえんぞ。ふぉっふぉっふぉっ」

老人と女は父をどうするつもりなのか。考えるまでもない。滅するに決まっている。父はそれだけのことをした。しかし、と吉十郎は二人の前に飛び出した。

「お待ちください！」

止めに入った吉十郎に、老人と女が「ん？」と顔を向けた。

「そういえば坊がいたな。なんじゃ？」

「この熊は我が父が魔物に変化したものです。命を絶つのはどうかおやめください」

吉十郎は今日までのことを懸命に話した。

父が郷神として、魔物退治として、どれだけ街道筋の人々に貢献してきたか。むろん、村の者たちの理不尽な行いも話した。

話を聞いた老人は、「坊の言いたいことはわかった」と頷いた。そして、吉十郎に顔を近づけてこう訊いた。

「だが、坊がわしだったらどうする？　はい、そうですか、と許すか」

詰め寄られ、吉十郎は「いいえ」と答えた。

「父のなしたことは取り返しがつきません」

息子としては父を助けたい。しかし魔物は滅せねばならない。どうすればいいのか。涙が溢《あふ》れてきた。

「お前の父をそのままにするわけにはいかぬ。わしとて友を、ほれ、八つ裂きにされてしまったばかりじゃ」

大猫さまと呼ばれる老人と三味線使いの女は、先ほど父に倒された郷神と魔物退治に加勢を頼まれて、峠の向こう、つまり江戸の方からやって来たのだという。

「では、父を滅してください」

覚悟を決めた吉十郎は二人に頼んだ。そこに女がこう言った。

「安心しな。滅しやしないから」

「えっ？」と驚く吉十郎を女は諭した。

「あたしは魔物封じなのさ。魔物を封じはするけれど、滅しはしない。ただあんたの父親をもとには返せない。なまじ考える頭を持っちまったら、またいつ邪念が湧《わ》くかわかったものではないからね。だから、こんな感じがいいんじゃないかい」

見ると、大熊だった父がいつの間にか人より少し小さいくらいのただの熊になっていた。

「父さま？」

熊は身を起こすと、きょろきょろとあたりを見まわした。記憶を消されたのか、自分がどこでなにをしているかわからぬようだった。すると老人がさっきの三毛猫に変化し、「ニャッ！」と熊の腹に爪を立てた。熊はひっと怯《おび》えて、林の中へと一目散に駆けて行った。そして姿を消した。

「坊、お前さんに免じて父親はただの熊にした。お前さんはおもしろくないかもしれんがの」

人に戻った老人に、吉十郎は「とんでもないです」と首を振った。

「命を助けてもらっただけでも感謝いたします」

父には人の世は合っていなかった。熊くらいがちょうどいいのだと思った。

老人の手には丸い玉があった。さきほど、猫になって飛びついたときに熊の腹から出てきたものだった。

「その玉は？」

「喰われた者たちじゃ。救ってやらんとな」

老人がふっと息を吐きかけると、玉が白く光って飛散した。

どさ、という音が社殿のあたりで聞こえた。見ると、地面に男が一人転がっていた。

「郷の者かの。境内の掃除でもしていて、ここで喰われたんじゃな。心配いらん。じき目を覚ます」

「父に喰われた者の命を救ったのですか？」

そんなことができるとは、この老人はいったい何者なのか。父がよくぼやいていたように、神々には持っている力にそれぞれたいへんな差があるらしい。

「全員ではない。ただ殺されてしまった者の命はわしにもどうしようもない。気の毒だがそこで死ぬ運命だったのじゃ。魔物に喰われた者ならば、このように元に返す。あの熊は相当喰らっていたようだからな。いまごろあちこちにああして寝転がっている者がおるじゃろう」

「ふぁっふぁっふぁっ」と老人は薄い胸を張った。

女が呼んだ。

「坊や」

「これで終わりじゃない。あんたには魔物退治の役目があるよ。あんたの父親はただの熊になったけれど、世の中が不穏になればいつまた魔物に転じるかわからない。あんたにはそれを防ぐ役目がある」

女の言葉に吉十郎は身をかたくした。

「父はまた魔物になるのですか？」

「油断して胡座《あぐら》をかいているとそんなことも起きるかもしれないって話さ。たとえばまた別の魔物に取り憑かれたりすれば、どうなることか」

だから、お前はこの地に残って魔物退治として生きよ。老人と女は吉十郎にそう告げた。

「住むところならば心配ない。知り合いの旅籠《はたご》があんたをひきとってくれるからね」

女はそう言うと、自分の三味線と撥を吉十郎に渡した。

「あの笛はずいぶん長いこと使ってくたびれていたみたいだね。あんたはこれから笛でなく三味線を弾きな。この三味線には神力が宿っている」

「でも、わたしには三味線の心得はありません」

「あたしが手ほどきしてあげる。年に一、二度は教えに来てやるよ」

女は言うと、後ろを振り返った。

「赤ん坊が泣いているね」

背後には主人のいなくなった郷神と魔物退治の家があった。女は家の中に入ると、まだ産着を着ている赤ん坊を抱いて出てきた。

「おう、よちよち」

赤ん坊をあやす女に老人が言った。

「村に帰れば乳母《うば》になりそうな女子がおるじゃろう」

老人と女は、赤ん坊を抱いて宿場町へと吉十郎を連れて行った。そこでどういうやりとりがあったか知れぬが、吉十郎は本陣に次いで大きな旅籠に養子として迎えられることになった。赤ん坊は、女が引き取った。

それから数年の間、女は約束通り、年に一度か二度は宿場を訪れて吉十郎に魔物を封じるための早弾きを伝授してくれた。

吉十郎が十七のとき、女はこう言った。

「もうあんたに教えることはない。これからは精進さえ怠らなければ大丈夫」

女はそれきり姿を見せることはなかった。吉十郎にはなんとなく師匠は自分の寿命を知って、別れを告げに来たのではないかと思えた。師匠は、見かけこそ若かったが、実はけっこうな歳《とし》なのだと、本人がそう言っていたのだ。

以来十年、吉十郎はたまに現われる小物の魔物を退治しながら宿場町で過ごした。熊に変化した父とは会うことはなかった。ただ、山に入ると父の残した足跡や糞《ふん》を見ることはあった。父は一介の熊として平穏に生きているようだった。

代三郎と栗坊、於巻、三太の四人は、猫手茶を飲みながら吉十郎の話を聞いていた。

「ただの熊になったはずの吉十郎さんのお父さんが、どうしてまた魔物に？」

於巻に訊かれ、吉十郎は「見ていたわけではないのですが」と前置きして答えた。

「人に襲われたようです。それがきっかけとなって魔物に変化したのではないかと思います」

「人に襲われた？　逆じゃなくて？」

「狩りです」

ああ、とみんな頷いた。

「このところ、江戸ではももんじ屋が繁盛していると聞いています。そのせいか、江戸に近い甲州街道筋の山でも狩りが盛んに行なわれているのです」

吉十郎の言うように、ももんじ屋は近頃は武家にも町人にも人気がある。

「わたしのいた土地でも以前から田畑を荒らす獣を捕らえては江戸に運んでいましたが、肉がいい値で売れるようになったからか、わざわざ山に入って獲物を狙《ねら》う者が増えたのです」

猟師は里の者とは限らなかった。どこからかやって来て、山を荒らしてまわる無頼な連中もいた。そうした者たちは手っ取り早く獣を狩るのに毒矢を用いていた。

あるとき、吉十郎たちの宿場に裏山から男が助けを求めて下りてきた。男は瀕死《ひんし》の重傷を負っていた。

「化け物だ、化け物がいる」

男は他所《よそ》から熊を狩りに来た猟師だった。獣肉を好む者の中には熊の肉や胆を欲しがる人間もいる。男は仲間とともに、そうした熊肉を求める声に応じて山に入ったという。

熊であれば成獣でも子熊でもいい。とにかく狩れ。

そう命じられた男たちは、見つけた子連れの熊を子熊もろとも狩った。使ったのは毒矢だった。

意気揚々、山を下りようとした一行は、途中で雄熊《おすぐま》を見つけた。子熊たちの父親だろうか、雄熊は棒に吊《つ》るされた子熊たちを見ると、かたまって動かなくなった。

「俺たちは、これ幸いと熊を追い立てて矢を射ったんだ」

矢尻《やじり》に毒を塗った矢だった。これが当たると、猪《いのしし》でも熊でも身体が痺《しび》れて動きがとれなくなる。

毒矢の当たった熊はもんどりうって転がった。苦しそうな鳴き声があたりに谺《こだま》した。

だが、熊は死ななかった。

「もっと射かけろ」

矢がたてつづけに放たれた。熊の身体に何本もの矢が立った。

「俺がとどめを刺してやる」

穂先に毒を仕込んだ槍《やり》を持った男がもがく熊に近寄り、それを力一杯熊に突き刺した。

熊は血しぶきをあげながら咆哮し、動かなくなった。

「やったか」

「しぶとい熊公だったな」

男たちがうずくまった熊を囲んだ。傷だらけにはしてしまったが、高く売れそうな熊だった。

だが、熊は死んではいなかった。

〈……おのれ〉

最初は気のせいかと思った。熊が喋《しゃべ》るわけがない。

が、それは一度きりではなかった。

〈……おのれ、おのれ、おのれ〉

熊の身体が、ぴくりと動いた。

かと思えば、むくむくと表面が波打ちはじめた。

「なんだこりゃ」

男たちが呆気にとられている間に、熊の身体が膨らんだ。その大きさは二間にも及んだ。大きな熊には慣れている男たちにしても、これまで見たこともない大熊だった。

「逃げろ」と叫んだときには遅かった。近くにいた何人かが、ぶんと振られた熊の前足に薙《な》ぎ払われた。

それからのことは、男は恐怖のあまりよく覚えていなかった。

とにかく夢中で山を下った。途中、幾度も転んだのだろう、全身に打ち身があった。骨も折れているようだった。

「あれだけ毒矢を射かけられながら生きているだなんておかしい。ありゃあ化け物だ」

男は言い残すと、その晩のうちに息をひきとった。

話を耳にした吉十郎は、熊が父であると直感した。

「なんてことをしてくれたのか」

父の身になにが起こったのか。推察するしかないが、おそらくは打たれた毒が魔物の邪気を呼び起こしてしまったのではなかろうか。それればかりではない、狩られた子熊や雌熊《めすぐま》を目にしたことで、かつて自分の身に起きたことを思い出してしまったのではないか。ひょっとすると、子熊は父の子だったかもしれない。

〈おのれ〉と本当に熊が言ったのであれば、父は記憶を取り戻したのかもしれない。それも魔物特有のねじれた認知によるものを。

これ以上大事になる前に封じるしかない。

吉十郎は三味線を持って山に入った。そこで見たのは、地面に散らばった男たちのものらしき狩りの道具と、死んでいる雌熊や子熊だった。すぐ横には、ひとつが二尺（約六十センチメートル）はあろうかという足跡がいくつも残っていた。間違いない。父はもとの大熊に戻ってしまった。

吉十郎は足跡を辿った。そのまま峠に達した吉十郎の目に入ったのは、江戸へとつづく平野だった。眼下に、八王子の町や甲州街道周辺の村々があった。

熊の足跡は峠の東側へとつづいていた。そこには関所や宿場がある。

急いで行った吉十郎だが一歩遅かった。

関所の番所は破壊され、逃げたのか、喰われたのか、役人たちの姿も、その下で働く者たちの姿もなかった。

宿場もすでに襲われたあとだった。残っていた人々は「地面が揺れたかと思ったら熊が襲ってきた」と話した。

「あんな熊ははじめてだ。ありゃあ、いったいなんなんだ」

誰を捕まえても、みんな合わない歯の根をがちがち言わせながら同じことを繰り返すだけだった。

熊は甲州街道を東へ、江戸の方へと行ったという。

「まさか……」

もしかすると、父はあの日の復讐を果たそうと、大猫さまと師匠をさがしているのかもしれない。

次にやられるのはおそらく八王子宿だ。日はすでに暮れていたが吉十郎は八王子へと走った。

峠を東へ下ったのは生まれてはじめてのことだった。郷神であった頃の父は、峠より西の山間部を自らの護る神域と定めていた。それを己の分とわきまえていた。

訪れた八王子宿は、ほかの宿場とは比べものにならないほど大きな宿場だった。幸いなことにまだなにも起きてはいなかった。

町に入った吉十郎は、旅芸人を装い念を込めて三味線を弾いた。魔物を寄せ付けぬためだった。

ところが、不幸は起きてしまった。

突如起きた地震とともに神社に現われた大熊は、目に入るものすべてをいいように破壊しまくった。逃げ惑う人々とは逆に、吉十郎は神社へと駆けた。鍛えた早弾きで父を鎮めるつもりだった。

はたして、三味線の音に父は反応した。

〈来たか、大猫〉

飛んできた思念に、吉十郎はやはり父は大猫さまをさがしているのだと知った。

だが、父はすぐに気づいた。

〈大猫ではないな。どこだ、やつは!〉

「父上、おやめください」

吉十郎が訴えても、父には相手が大人に成長した息子だとはすぐにはわからないようだった。

〈どこだ、やつはどこだ〉

三味線を鳴らした。魔物が牙を剝《む》いた。

「父さま、わたしです。吉十郎です」

訴えに、魔物が顔を歪めた。息子であるとわかったのか。しかし、それまでだった。

魔物の身体からいくつもの突起が伸びた。すぐにそれは悪鬼の形をまとって宙を飛び、吉十郎に襲いかかってきた。

吉十郎は三味線の音を壁にして迫り寄る悪鬼たちをはねのけた。音にもがく悪鬼たちは、転げ回るうちに人へと還《かえ》った。父は呑み込んだ人々を使い魔にしているらしい。

吉十郎が使い魔たちを浄化している間に、父はいずこかへと姿をくらました。

どこまで気づいたのか定かではないが、父は吉十郎を倒すべき敵とは見なさずにはいたようだった。父の中にはまだ、息子を思う気持ちが残っていたのかもしれない。

同じことは、日野宿でも府中宿でも起きた。

出会うたび、父の魔物は力も大きさも増していた。出現にともなう地震も強くなっていった。父はなかなか見つからぬ大猫さまに怒りをたぎらせ、それをどんどん膨らませていた。重ねに重ねた怨念が大地を揺らし、地震となっていた。

吉十郎としては、なんとしても父を鎮め、もとの山に返したかった。それが大猫さまと師匠に授かった自分の使命であった。

怒りを増幅させるに従い、父には吉十郎の言葉は届かなくなっていた。日野宿でも、いまが神無月であり、神々は人の世には留守であると訴えても、父の暴虐はとまらなかった。

このままでは父は本当に大猫さまの護る江戸の地に行ってしまう。

父は鎮める。しかし滅したくはない。

そのためにも父を封じるのは自分でなければいけなかった。が、広い江戸のことだ。神無月で大猫さまは留守にしろ、きっと師匠のように並外れた力を持つ魔物退治がいることだろう。もしそんな使い手と出会ったら、今度こそ父はその魂に至るまで消滅させられてしまうかもしれない。

吉十郎は父よりも先に江戸に入り、父の前に立ちはだかりそうな魔物退治をさがした。手がかりは三味線の早弾きだった。

思惑は当たった。代三郎に会った吉十郎は、千之丞からは感じなかったものを嗅《か》ぎ取った。代三郎には、どこと言われるとうまく言えぬが、どこかしら師匠と同じような匂いがした。ということは、相手もまたこちらに気付くかもしれない。吉十郎は慎重に自らが発する気を抑えた。そして自分も魔物退治であることは秘したまま、まじないのかかった鼈甲で作った撥を渡した。この一件は、あくまでも自分の手で解決するつもりであった。

ところが、そう決めて挑んだ内藤新宿だったのに、もはや父の力は自分の及ぶところではなくなっていた。父もまた八王子からついてまわるこうるさい魔物退治に辟易《へきえき》したらしく、今度は本気で向かってきた。吉十郎も手傷を負いながら、その場から引き揚げるのが精一杯だった。

こうなれば、もはや代三郎の力を借りるほかない。覚悟を決めた吉十郎は猫手長屋を訪ねたのだった。

「これが、今日に至るまでのことです」

話し終えた吉十郎は心なしか憔悴《しょうすい》していた。

「すべてはわたしの不徳のいたすところです。わたしに油断があったからこんなことになってしまった。いいや、その前に、あの日、わたしが大猫さまにおすがりしたのが間違いでした。父は永遠に封じておく必要があったのです」

無念そうな吉十郎に栗坊が「違うよ」と言った。

「悪いのは熊狩りをした人間たちだよ。だって熊になってからのお父さんは悪いことしていなかったんだもん」

栗坊は、となりでなにごとかぶつぶつ唱えている代三郎に「どうしたの？」と訊いた。

「ん？　ああ、大猫さまの野郎め、こんちくしょうと思っていたのさ」

「また？　今度はなに？」

「吉十郎さんに聞いただろう。あのじじい、熊を封じたときにさんざんこきおろして馬鹿にしたみたいじゃないか。しなけりゃいいのによけいに恨みを買っちまったんだろうよ。もっと優しくしてりゃ話は別だったかもしれないぞ。まったくよ、祟《たた》ってくれるじいさんだぜ」

「仕方ないでしょ。大猫さまはそういうお方なんだから」

於巻が肩をすくめた。

「ときに」と吉十郎が尋ねた。

「大猫さまをご存知《ぞんじ》ということは、師匠は知りませぬか」

「早弾きをする三味線弾きの女か」

うーん、と代三郎は唸った。

「俺の知る限り、早弾きは俺と千さんだけなんだよな。それに大猫さまからはそんな女の話は聞いたことがない。お前たち、なにか知っているか」

話を振られて、於巻と栗坊は「うーん」と顔を見合わせた。

「そうですか。では、やはり師匠は……」

あきらめ顔の相手を、代三郎は「吉十郎さん、気を落とさないでくださいな」と励ました。

「だから、俺と栗坊がいるんだと思いますよ。その女三味線弾きがいなくなったから、大猫さまは俺たちを魔物退治にしたんだ」

そうだ。言いながら、代三郎はそうに違いないと確信した。

もしかすると、その女とやらは死んだのではなく、身勝手で気ままな郷神に愛想をつかして去って行ったのかもしれない。あり得る。

「吉十郎さん、ひとつ確かめたいのですが」

於巻の目は真剣だった。

「お父上の魔物、本当に葬り去ってよろしいのですか」

自分でも自分に問いかけたのか、吉十郎は一拍置いてから「はい」と答えた。

「今度こそ、この世からもあの世からも滅せねばなりません。あれはもはや父ではありません」

「承知しました」

於巻は言うと、代三郎と栗坊に向き直った。

「結界を四方に解くね。少しでもはやく魔物にここだって教えてあげなきゃ」

三太が「よっこらせ」と床を踏んだ。

「俺は神田に帰る。あんまり長く長屋を空けたくない。おっかあたちが心配だ」

「そうか。今日は助かった。恩に着る」

礼を言うと、座敷わらしは「じゃあな」と風となって消えた。

九　使い魔

ベン、ベン、と神楽殿で三味線を試し弾きする。

不恰好《ぶかっこう》だが、新しく作った撥の音は悪くなかった。やはり撥は猫手神社の神木でこしらえるのがいい。

吉十郎が来て丸一日が経《た》っていた。魔物はまだやって来ない。

そのかわり別のものが来ることを、いまのいま、やって来た三太が教えてくれた。

「役人たちが猫手村に向かったみたいだ。吾郎親分がそんなことを言っているのを聞いた」

そうなってほしくはない、という事態が起きたようだ。いつのことかと訊くと「さあ、もう来ているかもよ」と言う。

身を隠しているに限るということはわかっていたが、家が気になった。

境内の端に立ち、於巻や栗坊と雑木林の向こうに見える濱田家を眺めた。

「ここからじゃわからないわね」

於巻も案じていた。

「俺が見て来てやろうか」

三太の申し出はありがたかった。座敷わらしならば誰の目にも触れることなく屋敷の中に入ることができる。

「すまないな。頼む」

頭を下げる前に、座敷わらしは早足で消えてしまった。

「栗坊」と、肩に乗っている猫に話しかけた。

「人と、戦えるか？」

猫が肩から飛んだ。童子の姿になった。

「戦えるよ」

父や兄たちに迷惑をかけたくはなかった。

もし役人がまだ家に来ていないのなら、先回りして手を打つ。自分が姿を晒《さら》せば、役人たちは一も二もなく追ってくるだろう。

「そのへんのお侍くらいなら、峰打ちで眠らせるよ」

栗坊はお安い御用といったふうだが、できればそんなことは避けたい。

こうなると、魔物に早く出てきてほしかった。魔物さえ退治すれば、役人たちの頭にある嫌疑など霧散するはずなのだ。

実家を遠望しながら三太の帰りを待っていると、「どうしました」と社務所にいた吉十郎が来た。腕はまだ吊ったままだった。

「追っ手がご実家に。それは難儀なことですね」

吉十郎の口から出たのは、思わぬ申し出だった。

「わたしが役人のもとに行きましょう」

もとはといえば、今回の一件は代三郎には関係がない。熊揺れのときの三味線の音は自分が熊の気をそらすために鳴らしたものだと言えば、代三郎にかかった疑いは晴れるだろう。

吉十郎の言い分に、しかし代三郎は「ちょっと待ってください」と返した。

「それじゃあ、吉十郎さんが捕まっちまう」

「いいのです。どうせわたしはこれこの通り、ろくに三味線が弾ける状態ではありません」

「いや、駄目です。俺が行きます」

「代三郎さんが囚《とら》われの身となったのでは魔物が倒せません」

「吉十郎さんの力も要ります」

言い合っていると、「待って」と於巻が遮った。

「来たみたい。あれ、そうでしょ」

目を凝らすと、茶畑の向こうから男たちが姿を見せ、濱田家の門をくぐって行く。数えてみると十人いた。中には黒い羽織をまとった侍が何人かいる。与力や同心たちだろう。

「大山街道から来やがったか」

てっきり、すぐ下を流れる川沿いの道を通るものだと思っていたら、丘の向こうからやって来た。

「きっと熊揺れがこわくて少しでも甲州街道から離れた道を選んだんだね。腰抜けだなあ」

栗坊が笑った。

「ああ、もう駄目だ。真っ赤になって怒る伝蔵兄様の顔が浮かぶぜ」

代三郎は力なく首を振った。

「お父上、思いあまってご自害なんてされなければいいけれど」

「おいおい、於巻」

「冗談よ。代三郎さんが勘当されるくらいで済むでしょう」

「ありえるな。俺はいいけど、長屋と茶屋はどうしたもんかな。お前がいれば大丈夫か」

「わたしも責任をとらされてどこかに奉公にでも出されるでしょう。じゃなきゃ村で一生茶摘みよ」

「お前は大丈夫だよ。大事にしろっていうばあ様の言いつけがある。せいぜい誰かの家に嫁に出されるくらいだ」

「嫁になんか行きません。代三郎の阿呆《あほう》」

「なにふくれてんだ」

「ふくれてません」

「二人とも、言い合っている場合じゃないよ」

栗坊に止められた。

「ぼくに手がある」

「手ってなんだ？」

「屋敷に忍び込んで役人たちにごろニャンしてみる」

「ごろニャン？」

「うん。うまくいくかわかんないけど、試してみるよ」

「ああ、あれか」

栗坊には、念じたことを人間の心に働きかける力がある。

とりわけ猫の姿になったときはその力が増す。うまくいけば相手を自分の思うように動かすことができる。喋ってほしいことを喋らせたり、してほしいことをさせたりといった力だ。

ただし、誰にでも通用するというものではない。相手が猫嫌いだった場合はまず使えない。猫好きで、自分に心を開いてくれる人間で、そのなかでもこうした細工に引っかかりやすい相手でないとかかってくれない類の力だった。

「試してみるのはいいが、兄様たちや父上に見られるなよ」

「代三郎が近くにいるってばれちゃうか。家の人たちの目があるところはまずいね」

うーんと難しい顔になった栗坊に「もういいよ」と断を下したのは於巻だった。

「ほっときましょう。魔物さえやっつけちゃえば、それでいいのよ。いっときお父上や兄様たちを煩わせることになったとしても、魔物を退治すればそんなものはきれいさっぱり忘れちゃうわよ」

「そうだな。そうするか。吉十郎さん、というわけです」

吉十郎はくすっと笑った。

「みなさんがそれでいいというのならば、承知いたしました」

衆議一決といったところで三太が戻ってきた。

「出た！」

座敷わらしの一声に、緊張が走った。

「出たって、魔物か？」

慌てて屋敷を見る。まわりの畑や家々も見る。どこにも大熊は見えない。

「あれ、代三郎の屋敷だろう。役人たちが来たかと思ったら、みんな黒い化け物に変化した。なんだよ、あいつら。俺、おっかなくてすぐに逃げて来ちまった」

「使い魔です」と吉十郎は言った。

「その役人たちはおそらく父に呑まれたのです。呑まれて、ふたたび使い魔となって、父の身体より出てきた者たちです。人の姿に戻れるとは知りませんでしたが、それしか考えられません」

「もとが人なんだよね。倒しちゃっていいのかな？」

栗坊が困った顔になった。

「願わくば、滅するまではしてほしくないのですが」

「わかった。加減する」

「それにしてもあの役人たち」

代三郎は首を傾げた。

「ここじゃなくて家に来るとは、使い魔になっても俺をさがしているってことか」

考えても始まらない。

「行こう！」

栗坊の手には稽古に使っている神木の枝があった。先になるほど太くなっていて、ちょうど鬼が持つ金棒のような形をしている。

「そうだな」

代三郎も三味線を握った。

「わたしも」と於巻がつづくのを「待て」ととめる。

「お前は吉十郎さんとここにいろ」

「なんで？　わたしも行くよ」

「あれは使い魔だ。熊公はまだ出てきちゃいない。ここをもぬけの殻にはしたくない」

「確かに、代三郎さんの言うとおりです。ここはまかせて様子を見たほうがいいでしょう」

魔物と幾度も渡り合ってきただけあって、吉十郎は冷静だった。

「吉十郎さん、於巻、熊公がこっちに出ても無理はしないでくれ。俺たちもすぐに戻る」

「逆に熊さんがあっちに出たら、わたしも行くからね」

「わかった」

振り返って屋敷を睨《にら》む。

「栗坊、行くぞ。三太、頼む」

「あいよ！」

座敷わらしの返事とともに、代三郎と栗坊は濱田家の門をぐぐった。

飛び込んだ屋敷の前庭は、使い魔たちが暴れているまさにその場所だった。

「うわあああ、なんだこいつらは！」

「あっちに行け。ひっ！」

「逃げろ、逃げろ。化け物だ」

「伝蔵さんと盛平さんに知らせろ！」

奉公人たちが右往左往しているなか、使い魔たちは庭に積んだ茶葉を蹴《け》り散らし、開け放たれた縁側や土間から屋敷の中に入って行こうとしている。誰も彼も逃げるのに必死で、不意に戻った屋敷の三男坊には気づかない。

使い魔は全部で五匹。他にもいるはずだった。

「おーい、待てよ」

代三郎の声に使い魔たちが反応した。振り向いた顔は、昼だというのに黒々とし過ぎていてどんな顔貌《がんぼう》をしているのかすらよくつかめない。はっきり見えるのは、赤く光った目と口とおぼしき場所からだらだらとこぼれ落ちている涎《よだれ》だけだ。

「お前さんがたがさがしているのは俺だろ。来てやったぜ」

「退治してあげるからおいで」と栗坊が手招きした。神木を持つもう片方の手はすでに構えをとっている。三太の姿はない。機転をきかせて他の使い魔をさがしに行ったらしい。

ところが、使い魔たちはくるりと向きを変えると屋敷へと上がってしまった。

「え、どういうこと？」

栗坊がずっこけた。

「おーい、俺だよ。お役人さんたち、俺だよ。猫手長屋の代三郎だよ」

呼んでも振り向きもしない。

「代三郎、あいつら、別のなにかを狙っているんだよ」

屋敷の中には家族がいる。行かせるわけにはいかなかった。

三味線を立てるように持って、じゃん、と右手で弦を弾いた。今度は使い魔たちが振り向いた。

「そうそう、こっちこっち、出ておいでえ〜〜」

じゃじゃじゃん、じゃじゃじゃん、とつづけて鳴らす。

「ほれほれおいで、御用だ御用だ、代三郎だあ〜〜」

使い魔たちは不快げに「ぐるる」と唸り声を発した。だが、それでも向かってこない。

〈どこだ〉

どこからか思念が飛んできた。

〈どこにいる〉

魔物の声か。

「おーい、魔物ちゃん、大猫さまならここにはいないぞ～～～」

〈さがせ、さがせ〉

声に従うように、使い魔たちは屋敷の奥へと入って行こうとする。

「くそっ、こっちだって言ってんのによ！」

三味線をさらに鳴らした。

神木から弓へと持ちかえていた栗坊が使い魔の一匹に矢を放った。

矢は鋭く宙を飛び、使い魔の背中に刺さった。

「ぐおっ！」

どす、と使い魔が倒れた。

「急所ははずしたか？」

「そのつもりだったけど、わかんない」

使い魔は床の上でもぞもぞ動いている。滅するというところまではいっていないらしい。

仲間を倒されたというのに、他の使い魔たちは振り向きもしない。主《あるじ》である魔物の命令の方を優先しているようだ。

矢がもう一本、まだ見える使い魔に飛んだ。今度も背に当たった。

倒れた使い魔のところへ行ってみる。ひくひくと蠢《うごめ》いている。なかば塊のような、なかば気のような、黒い身体がときおり薄くなり、ぼんやりとだが内側に人がいるように見えた。

「手加減するって難しいね。滅するほうがよほど簡単だよ」

「俺たちは魔物退治だからな」

いままでは魔物と見ればとにかく退治して滅すればよかった。だが、中身が人となればそうもいかない。

「なるほどわかった。高井戸宿で倒れていたあの人たちは魔物に喰われて使い魔にされた人たちだったんだな」

「そうか。吉十郎さんに呪《のろ》いを解かれて倒れていたんだね」

庭側の廊下で、先に倒した使い魔が、「ごぼっ、ごぼっ」と咳《せき》をした。半分は人の姿に戻っている。しばらくはおこりにかかったような状態だろうが、いずれ正気を取り戻すだろう。

家の奥で叫び声がいくつも聞こえる。物を倒す音などもする。

「残りをやるぞ！」

「うん」

三味線を鳴らしながら小走りで広い家の中を駆けた。

「二匹見っけ！」

襖《ふすま》を開けた先は客間だった。そこにいた二匹に栗坊が矢を射る。どす、どす、と使い魔たちが畳に崩れる音が二回響いた。

「次はどこだ！」

名主の家にしても大きな家だ。先祖が代々建て増したおかげで、なかは迷路のようになっている。

「この食いしん坊め！」

厨房《ちゆうぼう》にいた一匹を射った。

「そこで寝てな！」

勝手口の土間にいた一匹も射る。

「うおおおおお————!」と、どこからか男の野太い声がした。

栗坊と顔を見合わせる。

「あの声って伝蔵さん?」

「ああ、兄様だ」

声は中庭をまたいだ向こうから聞こえた。そっちには伝蔵の妻や子もいる。

土間から庭に出て、砂利を蹴って伝蔵の声がする方に行った。

半分開いた障子の向こうに、家族を背に真剣を構えている伝蔵の姿があった。

「来い、化け物!」

爪《つめ》を立てて襲いかかる魔物に伝蔵が刃を振る。ばさっ、と斬られた部分が落ちた。

「あ、腕、斬っちゃった」と栗坊が呟いた。

「使い魔に刀は通じるみたいだな」

魔物は千差万別だ。人間の得物が通用することもあれば、まったく通じないときもある。これは試してみないとわからない。

腕を切断されてたじろいだ使い魔が後ずさりした。

「狼藉者、見たか!」

伝蔵が吠えた。

「北辰《ほくしん》一刀流免許皆伝の太刀、受けてみよ」

伝蔵には家を継ぐ前、日本橋品川町の玄武《げんぶ》館《かん》で武家たちに混じって剣の修業に打ち込んだ時期があった。そういうところはぼんくらの末弟とは全然違う。

が。

「なにっ？」

驚く声がしたのは無理もなかった。落ちた使い魔の腕が、するすると勝手に動いて身体に戻ってしまったからだ。

「おのれ、面妖《めんよう》な！」

「あなた！」

「父上！」

兄の後ろにいる義姉《あね》や甥《おい》、姪《めい》たちが悲鳴をあげた。

「栗坊」と目配せする。

「うん」

開いた障子を狙って栗坊が矢を射った。ベン、と景気づけに三味線を鳴らす。

「ぐあっ！」

使い魔は短く叫ぶとうつ伏せに倒れた。

栗坊が素早い身のこなしで廊下に上がって部屋を覗く。

「とどめは刺さないであげてくださいね。このままほっとけば人に還ります」

突然現われた童子に、伝蔵は青い顔をしたまま「あ?」と二の句が継げずにいる。

これでいい。

代三郎は伝蔵には見えぬ場所へと走った。栗坊もすぐに追いつく。

「これで七匹だよ」

「あと三匹ってとこか」

ふたたび屋敷に入った。廊下を曲がる。曲がった先に三太がいた。

「みんな道場に逃げているよ」

「外に逃げりゃいいものを」

「俺もそう思ったんだけど、自然とそうなっちゃったみたい」

慌てていたのだろう。一人が動くとみんながそれにつづく。人間、そんなものだ。

他の場所も見てくるという三太と別れ、母屋と廊下でつながっている道場へと駆けた。

道場ではまさに立ち回りが行なわれていた。

次兄の盛平や家に寄宿している私塾の講師たちが二匹の使い魔を相手に次々と太刀を浴びせている。真剣が足りずに木刀を振り回している者もいる。その後ろに父や母、家によく出入りしている親戚《しんせき》たちや奉公人たちが隠れるようにひとかたまりになっていた。

代三郎と栗坊は廊下の角に身を隠した。そこから使い魔を狙って射る。三味線の音とともに二本の矢が使い魔たちの背を貫いた。

倒れる使い魔に「おおっ」と道場から声があがった。

「見事です、盛平さん！」

讃《たた》える声に、盛平は「い、いまのはわたしか？」と戸惑っている。

「なにをおっしゃるのですか。これ、この通り、盛平さんが一度に二匹を仕留めましたぞ」

「そ、そうなのか？」

こんなに声をうわずらせている次兄ははじめてだった。

「気をつけてくだされ。まだ動いています」

だだっと栗坊が廊下を走った。

「みなさん、それはそのままに。すぐ人に戻ります」

「呪いがかかっていたのです。戻ったら介抱してやってください」

「坊、お前はどこから来た。どこかで会ったことがあるような気もするが」

盛平が尋ねた。

「あ、ぼくのことはいいんで」

栗坊は笑って返すと、廊下の角に戻ってきた。

「行こう。まだいるかも」

「おう」

背にした道場から、母の声が聞こえた。

「なんだか、さっき三味線の音が聞こえた気がしたんだけどねえ」

母の耳には届いていたらしい。

「代三郎、姿見せちゃえばいいのに。どうせみんなことが済めば忘れるよ」

栗坊に言われた。

「わかっちゃいるんだけど、どうも自分から兄様たちの前に出たくなくてな」

「代三郎には兄様たちの方が魔物よりこわいんだね」

「堅物と魔物、どっちも苦手だね」

「人だと?」

軽口を叩きながら、頭には不安が宿っていた。

「おたえ姉様や慎之助《しんのすけ》さんたちがいなかった気がする」

「うん。道場にはいなかった」

姉のたえとその夫の慎之助が暮らす離れに行った。案の定だった。慎之助たちの部屋に近い仏間に使い魔がいた。

「この化け物、ご先祖さまになんてことをすんの！」

たえの怒声が聞こえる。もう人目を気にしてはいられない。代三郎は仏間に入った。

「代三郎さん！」

ちょっとした広間になっている仏間の中央に、刀を手にした義兄の慎之助がいた。後ろにはたすきがけをして薙刀を持ったたえがいる。

「慎さん、姉様、無事か」

「わたしたちは無事だが、この化け物が……」

「ありゃりゃ、なんてことを」

代三郎から見て右側の仏壇が使い魔にめちゃくちゃに荒らされている。使い魔は人間たちを無視して、置いてある如来《にょらい》像や仏具を放り投げたり壊したりしていた。

「その位牌《いはい》はさわらないで！」

たえが叫んだ。

「おばあ様の位牌よ!」

姉の声とともに弦を弾いた。ベン、と音がした。使い魔の動きがぴたりとやんだ。

ベン、ベン、ベン、ベン、と徐々に強くしていく。

使い魔が振り向いた。そこに向かって音を鳴らしていく。

「代三郎さん、近づくと危ない」

慎之助に「大丈夫さ」と答える。

ベン、ベン、ベン、ベン、ベン、ベン、と鳴らす音とともに間合いを詰めていく。

「ぐ……」

使い魔が怯《ひる》んだ。

「代三郎」と栗坊が呼んだ。

「手を出すな。もう少し待て」

胸の奥で、なにか不穏がものがごろごろと転がっているのを感じた。

なんだ、この感情は。

「よくも、ばあちゃんを」

口をついて出た言葉でわかった。そうか、どうやら自分は怒っているらしい。

三味線をかき鳴らした。早弾きに転じた。

使い魔が苦しげに身をよじりはじめた。

「ぐ……え……」

使い魔は立っていられずに膝《ひざ》をついた。両手で首や胸とおぼしき箇所をかきむしり、もがきはじめた。

「よくも……」

そこまでだった。栗坊の神木が使い魔の頭を打った。悪鬼はどさりと崩れた。

「滅しちゃうとこだったよ」

栗坊に言われて苦笑した。

「俺じゃ滅することはできないよ」

「圧する力がすごかった。潰しちゃいそうだった」

「俺としたことが、熱くなっちまったよ」

くるっと返って、慎之助とたえに頼んだ。

「すぐ人に戻る。茶でも飲ませて介抱してやってください」

「人……なのか、これが？」

慎之助は目の前で起きていることをどう解釈していいかわからぬといった顔だ。義兄だけではない。みんなそうだろう。

「代三郎、助かったよ。あんた、その化け物が平気なの？」

たえに訊かれた。

「平気なわけないだろう。気色の悪い。それよかこの人が目を覚ましても俺が来ていたなんて言わないでくれよ」

去ろうとすると、姉に呼びとめられた。

「ちょっと待って。こんなの置いていかないでよ」

まあ、姉の気持ちはわかる。まだ使い魔は畳の上で蠢いている。だが、少しずつ黒い覆いが消えてきている。

「姉様、よく見てくれ。だんだん人の顔になってきただろう。呪いが解けてきたんだよ」

「呪いって、なんであんたそんなこと知っているの？」

つきあっていたら終わりそうにない。退散することにした。

「それじゃ、俺たちはまだ行くところがあるんでね」

だっ、と部屋を出た。「ちょっと！」という姉の声が追いかけてきたが無視した。

せっかくいいところを見せたのだけど、すべてが終われば姉の頭からいまの一幕は消える。でも、それでいいのだ。

使い魔は全部片付けた。代三郎と栗坊は庭に出て「三太！」と座敷わらしを呼んでまわった。

「三太のやつ、どこに行ったんだ」

「まだそのへんにいると思うんだけどな」

「それにしても、あいつら仏間まで荒らしやがって。なんでわざわざうちに来るんだかな」

「匂ったんじゃないの」

「茶の匂いか？　魔物でも茶を飲むのか」

「ううん。敵の匂いを」

「俺の実家だって見抜いたのか」

「さあ。そこまではわかんないけど」

家の外に出た。三太はどこにもいなかった。

そのかわり、目に入ったのは村中そこかしこで暴れてまわっている使い魔たちだった。

すぐ手前の道で、少し離れた畑で、もう少し離れた民家の庭先で、坂を下った先の川の土手で、村人たちが使い魔に追われて逃げている。使い魔たちは、口から反吐《へど》のようなものを吐き出してはあたりを汚してまわっていた。

「まだこんなにいやがったか」

ちっ、と舌打ちしたのと同時に足もとに揺れを感じた。

「きたな」

「代三郎、神社が」

川の向こう側の、神社のある森の上に真っ黒な魔物雲が渦巻いていた。神社は揺れがもっと強いだろう。

「熊公はあっちか」

こうなると使い魔たちをいちいち相手にはしていられない。村のみんなには申し訳ないが、必死で逃げてもらうほかない。

後ろから大勢が走ってくる足音がした。

「うわ、嫌な気配」と振り向くと、門につづく石畳の上を二人の兄と道場にいた他の男たちが走って来るのが見えた。

「代三郎！」

門を抜けると盛平兄が呼んだ。とうとう見つかった。

「慎之助さんに聞いた。あれはすべて人なんだな。どうすれば元に戻る」

「頭をぶっ叩いて気絶させりゃいい。心の臓さえ貫かなきゃなんとかなる」

適当に言ったが、横で栗坊が「ま、そんなとこだね」と頷いたので大丈夫だと踏んだ。

「北辰一刀流、濱田伝蔵、いざ尋常に勝負せい！」

伝蔵が太刀をひっさげいちばん近くにいる使い魔に突っ込んで行く。いちいち流派を名乗るのは気合いを入れるためだろう。だが魔物に剣の流派など関係ない。尋常になんて言葉も通用しない。

兄を援護して三味線を鳴らした。他の男たちも「うおおお――！」と絶叫しながらまわりにいる使い魔たちに向かって行った。

「ここは兄様たちにまかせるとするか」

神社の上の魔物雲が見えているのは代三郎と栗坊だけだ。

「代三郎、どこへ行く！」

走り出した弟を盛平の声が追ってきた。

「俺は兄様たちと違って全然使えないんだよ。知っているだろ」

「お前も加勢せんか。それでも濱田家の男か！」

「盛平、そのような腰抜けはほっとけ！」

代三郎の三味線で動きの鈍った使い魔を昏倒《こんとう》させた伝蔵が、弟のおかげで勝てたとも知らずにその弟をなじった。

「臆病者《おくびょうもの》めが、どうせ態揺れこわさに長屋を放り出して逃げてきたのだろう。貴様のようなやつは二度と家の敷居をまたぐでない！」

またいつもの決まり文句だった。

「ほーい」とだけ返事して坂を下った。

置き土産《みやげ》に三味線だけはかき鳴らす。高く持ち上げて、届け届けと八方に音を飛ばした。見えない輪となった音色がぴゅんぴゅんと彼方此方《あちらこちら》の使い魔たちに飛んでいき、動きを封じる。そこに皆が襲いかかる。使い魔相手なら、何人かが一組になってかかれば渡り合えるだろう。それよりも……

「やばい。やばい、やばい、やばいぞ！」

坂を下る。魔物雲は勢いよく渦を巻いている。

「代三郎、先に行くよ」

栗坊が猫に変化した。川まで飛ぶように走って橋を渡った。代三郎もつんのめりながらも橋を渡った。一瞬、目に入った川面に違和感を感じた。すぐそこは猫手池だ。

池のほとりに童子になった栗坊が立っていた。

いつになく険しい顔の栗坊は池を見つめていた。

代三郎も池に目をやった。

「こいつは……」

息を飲んだ。

「……なんなんだ、この水は！」

普段なら底まで透き通って見える神水の池が、得体の知れない黒々とした泥水と化していた。死骸が放つような悪臭が鼻をついた。

「魔物のやつ、毒で池を汚したんだ」

栗坊の声は震えていた。

「ここまでするかよ、おい」

「それだけ大猫さまに恨みがあるんだね」

「神さまのくせに恨みなんか買いやがって」

「仕方ないよ。神さまったって大猫さまだもん」

「まあな、熊公はよほどおちょくられたのが頭にきてんだな」

「もとはいちおう郷神だしね。神さまって、みんなそろって誇り高いんだよね」

「やつは上だな」

「うん、行こう」

鳥居をくぐって階段を上がった。その尽きる先で咆哮がいくつも響いている。使い魔の群れがここにもいるようだ。

「代三郎！」

呼ぶ声に途中の茂みを見た。木の陰から三太が顔を出した。

「三太、無事だったか」

「ごめん。屋敷の外に出たらいきなり化け物どもに囲まれちゃって、そのまま早足でここまで逃げて来ちまったんだ」

「無事ならいいんだよ」

三太の後ろから、御神体のだいだらぼっちと猫も顔を覗かせた。

「お前たちも無事だったか。よかった」

木像たちはうまいこと社殿から逃げ出せたようだ。二体とも、魔物が恐ろしいのかぶるぶる震えていた。

「三太はこのまま早足で長屋に帰ってもいいんじゃない。ここは危ないよ」

栗坊が勧めると「いいや」と三太は言った。

「俺はこいつらとここにいるよ。もしかしたらまだ役に立てるかもしれないだろう」

「座敷わらしは魔物と戦ったりする必要はないんだよ」

「でも、俺はお前たちに借りがある」

「借りなんかないよ」

「じゃあ、恩がある」

「わかった。でも使い魔に見つかったら早足で逃げるんだよ」

「もちろんさ」

代三郎も「それでいい」と頷いた。

「逃げるときは、できたらこの付喪神たちも連れて行ってやってくれ。見かけはこの通りぼろっちい木像だけどよ。これでもいちおう名のある仏師が彫った御神体なんだ」

そう言ったところで、だいだらぼっちが前に出てきて代三郎の脛《すね》をぽかっと蹴飛ばした。

「いてっ」

「代三郎、ぼろっちいはよけいだよ」

栗坊に叱《しか》られた。

「はいはい、ごめんよ。三太、於巻と吉十郎さんは無事か」

「吉十郎さんは上で化け物どもの相手をしている。於巻はどこにいるかわからない」

二人が心配だった。

「栗坊、行くぞ！」

「うん」

階段に戻って駆け上がった。最後の三段は一気に跳んだ。

「うわっ、めちゃくちゃやりやがって」

地震によるものか熊によるものか、本殿や神楽殿が半壊している。鳥居も倒されている。そこらじゅうに木片が飛び散っている。建物でどうにか無事なのは社務所とだいだらぼっちたちの社殿くらいだった。

「すまん、代三郎さん。防ぎきれなかった」

社殿を背に、吉十郎が使い魔たちと対峙《たいじ》していた。使い魔の数が多すぎて声しか聞こえなかった。

「吉十郎さん、大丈夫か」

「ああ」

答えながらも三味線の音がしている。傷が癒えぬ吉十郎だが、どうにか弦を鳴らすことはできるようだ。

「ぐあっ？」

使い魔たちがこちらを振り向いた。新手の敵が来たことに気づいたようだ。

「ようよう、お前さんたち、やってくれたじゃないか」

じゃん、と三味線を鳴らした。栗坊が矢を引いた。手前の一匹に突き刺さった。使い魔は「ごえっ」と苦しそうにのけぞった。

「心配すんな。急所ははずして……いるんだよな、栗坊？」

「うん。そのつもりだけど」

倒すべき相手と判断したらしく、五匹の使い魔が同時に飛びかかってきた。

じゃん、ともう一度鳴らす。使い魔たちは跳んだはいいが宙で見えない壁に当たってはじき返された。

「あいにくここは俺たちの土俵でね。お前たちじゃどうにもならないよ」

代三郎が喋っている間にも栗坊は次々に矢を放った。立ち上がろうとしていた使い魔たちはその暇もなく地面に崩れた。

「ああもう、弓はたるいや」

栗坊が神木の枝を持った。

「代三郎、鳴らしちゃって！」

「あいよ！」

ベンベベン、ベンベベンベベン、と早弾きを始める。

音に乗って栗坊が使い魔の群れに突っ込んでいく。神木を棍棒《こんぼう》にして次々に使い魔たちの脳天を打つ。爪を立てる使い魔の攻撃をかわし、噛みつこうとする別の使い魔の脇《わき》をするりと抜け、敏捷《びんしょう》な動きで神木を振りまくる。

あまりに素早い動きに、残りの使い魔たちが後ずさりした。

「代三郎さん、残りはわたしが引き受ける！」

吉十郎が叫んだ。

「林の奥へ行かれよ。於巻さんを追って魔物もそっちに行った」

「わかった」

林の奥へ通じる小道は使い魔たちが塞いでいた。そこへ栗坊がまるでなにもないかのように走っていく。あとに残るのはバタバタと倒れた使い魔たちだった。

「よっと」

倒れた使い魔の間を代三郎も走って栗坊を追いかけた。後ろから吉十郎の三味線の音が響いた。使い魔たちはその音にからめとられて代三郎たちを追っては来られない。残りの使い魔は十数匹。吉十郎ならなんとかするだろう。

小道は、両側の木々がなぎ倒されていた。地面に魔物の足跡が残っている。

〈於巻、待っていろ〉

慌てまいと心していたが、やはり気持ちが逸《はや》る。

於巻のことだ。やすやす捕まりはしないだろう。

逆に隙《すき》あらば大猫さまの神力で魔物の力を封じようと試みるはずだ。吉十郎の話では、十六年前、手傷を負っていたとはいえ、魔物は大猫さまの前で抵抗ひとつできなかった。いまはどれほどの力を持っているか知らぬが、ここは大猫さまの神域だ。

湧き上がる不安を抑えつけ、〈有利なのはこちらだ〉と自分に言い聞かせる。

「代三郎、於巻は大丈夫だよ」

先を行く栗坊が言った。

「なんでわかる？」

「前に猫になって競走したことあるんだ。於巻、足ならぼくとどっこいだよ」

「お前ら、俺の見ていないところでそんなことして遊んでいたのか」

そう、逃げ足だったら猫に転じていれば心配ない。

だが、魔物に対して於巻がやけに前のめりなのが気になる。

「あいつ、魔物と真正面からぶつかりあってんじゃないだろうな」

「それはわかんない。でも、於巻は腕も立つよ。ぼくと打ちあっても五分だよ」

「お前ら、二人してそんなこともしてたのか」

「だって、代三郎じゃ弱すぎて稽古の相手にならないじゃない」

「そりゃそうだけど」

女子にしては腕が立つのは知っている。だが、栗坊の場合は代三郎の三味線が発する神力を剣や弓に宿すことができる。それが相乗し、魔物を討っている。於巻はどうなのか。栗坊のような真似ができるのか。

わからない。

とにかく早く追いつかねば。

小道が尽きるところまで来た。普段は神域とされ人が入らない場所だ。

「於巻？」

魔物の足跡もそこで尽きていた。

「大猫さまの洞窟だよ」

栗坊が指差した。

「中に入ったのか」

洞窟は神域の中心だ。代三郎もいつもは衝立《ついたて》で仕切られている入口のあたりまでしか入らない。奥には神棚がある。その先がどうなっているのかは不明だった。

仕切りを過ぎて、暗がりの中を進んだ。

気配を窺う。耳を澄ますがなにも聞こえない。

「神棚が倒れている」

夜目のきく栗坊には見えるらしい。

さらに奥へと行く。前を歩く栗坊の気配だけが頼りだった。

「代三郎、三味線を鳴らしてみて」

「ああ」

弦を弾くと、それに合わせて周囲の岩肌がほんのり明るくなった。

「お、こりゃいいな」

もっと鳴らしてみた。歩ける程度の明るさになった。目の前に倒れた神棚があった。

「図々《ずうずう》しい野郎だな。神域にまで踏み込みやがって」

「人に変化したのかな。あの図体《ずうたい》のでかさじゃ入れないよね」

「奥はどうなっている。お前、入ったことあるか？」

「ずいぶん前に入ったきりだけど……そうか、わかった」

「なにがわかった」

「於巻はたぶん大猫原にいる」

「大猫原？」

「この世と神さまの世の境さ」

「そんなとこあるのか。はじめて聞いたぞ」

「きっと魔物に村をこれ以上荒らさせないために誘い込んだんだよ」

「お前たち二人して、俺の知らないことをずいぶん知っているんだな」

「だって、この世で生きているうちは関係ないことだし」

「お前だってこの世で生きてるだろう」

「猫にはいろいろあんのさ」

「なんだそりゃ？」

返しながらも三味線を鳴らす。洞窟が奥まで明るくなった。

「急ごう！」

走り出す栗坊を代三郎は追った。

十　道

奥へ奥へと走った洞窟《どうくつ》の先は、しかし、岩肌で塞《ふさ》がっていた。

「おい栗坊、行き止まりだぞ」

どこか抜け穴はないかと四方を見るが、人どころか猫すら入れそうな場所はない。

栗坊も困惑しているのか、きょろきょろしている。

「三味線《しゃみせん》をもっと強く鳴らして！」

「おう」

手首に弾みをつけ、跳ねるように撥《ばち》を振るう。立ち止まったのは、少し開けた場所だ。音が反響し、周囲の岩肌が眩《まばゆ》く光りだした。

「なんでこんなに光るんだ」

「明かりのもとは大猫さまの神力だよ。三味線がそれを何倍何十倍にも膨らましているんだ」

そう答えながらも、栗坊は探る目で四方の岩肌を見回していた。

「もっともっと」

「あいよ」

早弾きを一段速くした。洞内はもはや昼のように明るい。

「そこだ」

見ると、岩肌の一部がひときわ明るくなっていた。光はどんどん大きくなっていく。

「入口だよ」

「入れるのか、そこ？」

たんに岩が光っているだけではないのか。

「見てて」

栗坊が光に近づき、岩肌に腕を伸ばした。まるでなにもないかのようにすっと腕が光の中に入っていく。

「お、おいっ！」

溶け込むように姿が消えた。止める間もなかった。

「こういう賭《か》けみたいなのは苦手なんだよなあ」

自分もそろりそろりと光に近づくと、中から出てきた手にむんずと腕をつかまれた。そのまま奥へと引っ張り込まれた。

「わわわっ！」

なにもかもが真っ白だ。眩《まぶ》しくて目を開けていられない。栗坊につかまれていることだけはわかった。

「わわわっ、なんだこれ？」

身体《からだ》が宙に浮かんだ気がした。天地がさかさま、というか、どこが天でどこが地なのだかわからない、不思議な感覚に襲われた。

と思ったら、地面に立っていた。

「駄目だよ、すぐに来ないと。違うところに出ちゃうかもしれないじゃないか」

栗坊が腕を放した。

「ここが大猫原か？」

広い場所だった。ただしまだ洞窟の中のようだ。その証拠に空を見上げると、五重塔がすっぽり収まるくらい高いところに岩肌があった。三味線を鳴らさなくても岩肌は白く光っていた。

「違う。ここは大猫原に通じる道だよ」

「大猫原はこの先ってわけか」

あたりを見回す。周囲には、大きいの、小さいの、いろいろな形の岩が積み重なっている。猫や蛙《かえる》のような形をした岩もある。低いところを川が流れている。岩に囲まれて、細い道が奥へとつづいていた。

「この奥に行けばいいんだな」

油を売っている暇はない。こうしている間にも於巻がやられてしまうかもしれない。

「うん……でも」

「なんだ、道を間違えたか」

「そうじゃないんだけど」

栗坊はこっちを見ずになにかをさがしていた。

「あった！」

童子が指差した先に、人の腰ほどの高さの石の道標《どうひょう》があった。はじめて見つけた手がかりに代三郎も駆け寄った。

道の端に矢印と文字が刻まれていた。「大猫原此方《こちら》」と彫られている。

「間違っちゃいないようだな。よかった」

ほっとしている代三郎をよそに、道標の裏側を覗《のぞ》き込んだ栗坊が「うえっ」と舌を出した。

「なんだ、どうした？」と代三郎も裏を見る。そこにはこう彫られていた。

〈間延びの道〉

「まのびのみち？　って、なんだこれ？」

なんだかいやあな感じがした。栗坊の苦虫を噛《か》んだような表情がそれを裏付けている。

「読んで字の通りだよ。間が延びるのさ。ここから大猫原まで、たぶん丸一日くらいかかるよ」

「へっ？」

声が裏返った。

「丸一日？　なんでそんなにかかるんだよ。大猫原ってそんなに遠いのか？」

「遠くて近いのが大猫原なんだよ。ときによっては道すら通らずにぱっと出られることもあるんだけど、道によってはこんなふうに遠回りさせられるんだ。ぼくも通ったことはなかったけど、そっか、これが間延びの道か」

あきらめ顔で感心している栗坊をよそに、代三郎は慌てた。

「戻ろうぜ。無駄に時を使うわけにはいかないんだ」

一刻を争う事態だ。一日も経《た》ったら於巻はどうなってしまうのか。神社は、村は、どうなる。

「……無理だよ」

栗坊に言われて後ろを振り返る。どこにももとの洞窟に戻れそうな光の塊は見えない。三味線を鳴らそうとしたが「無理無理」と笑われてしまった。

「しょうがないから歩こう。それしかないんだよ」

「それしかないって、お前……」

なにを言っているんだこのばか猫め。はじめて栗坊をなじりたくなった。

「大丈夫だよ。間が延びているのはこの道だけだから。ここの一日はこの世や大猫原で言ったら、ひいふうみいと三つ数えるくらいの時間なんだよ」

「は？　なんだそりゃ」

「本当だよ。向こうで三つ数える間に、ここでは一日が過ぎるんだ」

「はあ？」

顎《あご》がはずれそうだ。

「なんでだよ。そんなばかげた話があってたまるか」

「あるんだよ。だってここは大猫さまの縄張りだよ」

そう言われると、なにがあっても不思議はない気がする。

「じゃあ、俺《おれ》たちがここを一日かけて歩いても、於巻や吉十郎さんには三つ数える間でしかないってことなんだな」

「うん」

信じるしかないようだ。それにしても、と思う。

「俺たちは魔物退治だぞ。ここは大猫さまの神域だろう。なんで俺たちにわざわざこんな道を通らせるんだ」

「さあ。貧乏くじを引いちゃったのかな。それとも、なんか神意みたいなものが働いているのかな」

「考えるのはやめようぜ。無駄だ無駄」

こうなったら前へ行くしかないのだ。二人は歩き始めた。

「あーあ、こんなことになるなら三太につきあってもらえばよかったかな」

「座敷わらしの早足も、ここじゃ使えないんじゃない」

「……かもな」

猫手長屋の表店《おもてだな》、代三郎の家の中でも座敷わらしの早足はなぜか使えない。大猫さまの神力がそれを封じているからだ。わざわざ〈間延びの道〉などと謳《うた》っているくらいだから、ここにもきっとそんな仕掛けが施されているのだろう。

「於巻と魔物は、どこを通ったんだろうな」

「さあねえ。同じ道を通ったのか、それとも違う道を通ったのか」

「道はいくつもあるのか」

「たくさんあるみたいだよ。ぼくも詳しいことは知らない」

「でも、お前は俺よりずっといろんなことを知っているじゃないか。俺なんかなにも教えられていないぞ」

「代三郎は自分から知ろうとしないじゃない」

「それもあるけど、たまに俺がなんか訊《き》いても大猫さまははぐらかしてばかりだからな」

「おいおい教えていけばいいと思っているんじゃない」

「そういうもんかね」

大猫さまと知り合って十五年。思えば神の世がどうなっているかなど、訊いたことがなかった。興味がまったくないわけではないのだけれど、なぜかいつも尋ねそびれてしまうのだ。

栗坊がなぜ人間の姿になれるのか。於巻がどうして猫に変化できるのか。それもただ「大猫さまの力」と言われれば、ああ、そうなのか、とそれでおしまいだった。

「なあ栗坊、お前、自分の親のこと覚えているか？」

「ううん、覚えていない」

答えたあと、栗坊は付け足した。

「猫なんて、同じ家で親と飼われているやつ以外はみんなそうじゃないの」

「はは。そうかもな」

それからも二人で話しながら歩きつづけた。ときおり、立ち止まっては川に下りて水を飲んだ。神水の力だろう、不思議と腹は減らなかった。歩いていて疲れも感じなかった。神力が漲《みなぎ》っているのか、栗坊もいつまでも童子の姿でいた。

岩しかなかった道に変化が訪れたのは、二刻（約四時間）も歩いたころだった。左右にあった岩や石が減ってきて、道の両側のところどころに草が生え始めた。やがて其処彼処《そこかしこ》に木が見えるようになってきた。花も咲いていた。天井は相変わらず高いところにある。太陽はなくとも岩肌が放つ光で草木は育つらしい。

「こうして歩いていると、なんだか気が抜けちまいそうだな」

うっかりするといまがどれだけたいへんなときかも忘れてしまいそうだ。それくらいあたりにはのどかな光景が広がっていた。そのへんの草地で寝っ転がって昼寝でもしたいくらいだ。

「英気を養うにはいいんじゃないの。いい方にとろうよ」

栗坊が一緒にいれば大丈夫そうだった。

「この間に、魔物を倒す手立てを考えるとするか」

「代三郎にしては前向きだね」

「といっても、俺は三味線を弾くしかないんだけどな」

「ぼくも射るか斬《き》りつけるかだな」

「はやく面倒なことは済ませたいな」

「於巻が気になるんでしょ」

「当たり前だろ。吉十郎さんだって使い魔相手に手こずっていたみたいじゃないか。於巻の相手は親分の魔物だぞ」

「使い魔もいっぱい連れていそうだね」

「だったらなおさらだ」

「だから於巻は大猫原に行ったんだよ」

「村を護《まも》りたいから誘い込んだんだろう」

「そうだけど、それだけじゃないよ。大猫原に行けば加勢が期待できるからだよ。うん、たぶんそうだ。きっとそうだ」

「大猫原になにがあるんだ？」

「あそこには大猫さまの祭壇がある」

加勢とは、つまり神力が増すということか。少なくとも悪いものではなさそうだ。

「やれやれ」

ため息が漏れた。

「どうしたの？」

「於巻は人の子だぞ。俺はあいつには普通の女子《おなご》みたいに生きてほしかったんだよ。でも、俺がそんなことを思う前に、あいつはなんだか大猫さまに見込まれて猫に変化できるようになっちまった。俺たちと同じように見えないものが見えるようになっちまった。まあ、それくらいならいいかと思ったんだけど、気がついたらこのざまだ。俺がぼけっとしている間にあいつまで魔物退治に加わる始末だ」

栗坊くらいしかぼやく相手がいない話だった。

「らしくないね。代三郎だったら、これ幸いと於巻に全部まかせて自分は家で寝ていそうなのに」

「あいつじゃなきゃ、そうしているさ」

いまでも覚えている。祖母が赤ん坊の於巻を連れ帰ったときのことを。

祖母の腕の中にいた於巻は、生まれたての赤ん坊とはこんなにも儚《はかな》げなものであったかと驚かされるくらい小さかった。だが、人差し指でそっと触れてみた手指はおもいのほか力強かった。代三郎の指を感じると、於巻はなにか訴えたいことでもあるかのようにそれを握った。つかまれた代三郎は、びっくりして思わず祖母にどうすればいいのか顔で窺《うかが》った。

「かわいいだろう」

祖母が目を細めて言った。

「うん」

「於巻という名だよ。呼んでおあげ」

「うん。於巻、こんにちは」

挨拶《あいさつ》をすると、まだろくに見えもしない目を動かして、於巻は代三郎を見上げた。

「ぼくがわかるみたい」

「この子は、きっと賢い子に育つよ」

祖母の言うとおり、於巻は賢い娘に育った。頭の回転が速いだけでなく、身体も丈夫で身のこなしも抜群だった。

両親は、そんな於巻と三味線を除けばすべてにおいてだらしのない末息子を比べては「代三郎が於巻だったら、いや於巻が男で代三郎だったらどんなにかよかったか」などと代三郎のいないところで愚痴を垂れたものだった。なぜそう言われていたのを知っているのかといえば、たえが不甲斐《ふがい》ない弟を叱咤《しった》するときにいつも「あんた、父上や母上にこう言われているのよ」と口にしていたからだ。

「覚えているか、栗坊」

「なに？」

「俺が十五のとき、はじめて二人で魔物退治をしたときのことを」

「目黒不動のときのこと？　覚えているよ」

代三郎は相棒に述懐した。

「あんときは一つ目の異形が相手だったよな。お前がいたからいいようなものの、でなけりゃ俺は初陣で魔物に呑《の》まれて闇《やみ》に消えていた」

「あれ、弱かったじゃない。確か不動明王《ふどうみょうおう》さまの真言《しんごん》を唱えただけで滅したんじゃなかったっけ」

「弱くても、俺には十分おそろしかったよ。魔物退治なんか放《ほう》り出して逃げたくなった」

「でも、そうはせずにいたよね。あのあともどんどん魔物を倒していった」

「ああ」

臆病者《おくびょうもの》の自分になぜそれができたのか。深くは考えてこなかったけれど、そこには於巻がいたからだということがいまならわかる。

この世には、実はこんなに恐ろしげで奇怪な魔物があちこちに潜《ひそ》んでいて、隙《すき》あらばと人々を狙《ねら》っている。だとすれば、於巻を守るのに魔物退治でいることは悪いことではない。自分が魔物退治をつづけてきたのは、大猫さまとの約束もあったが、深いところにそういう思いがあったからかもしれない。

だというのに、いまのこのていたらくはなんとしたことか。

魔物から守るつもりでいた於巻だというのに、気がついたら自分のかわりに魔物とやりあっているとは。

「たはは」

「なに笑っているの?」

栗坊が不思議そうにこっちを見る。

「情けなくて笑っているんだよ。たははのはだ」

「へんな代三郎」

ずっと一緒にいるというのに、猫にはこの種の機微は読めないらしい。

どのくらい歩いたか。

　道は途中で森になり、その森も赤や黄色に葉が色づく晩秋の森になり、やがて雪景色となり、そこから桜が咲き乱れる春の景色へと変わり、ふと見れば新緑の中を二人は歩いていた。

「おいおい、一日どころか一年経った気分だぞ」

　代三郎が歩くのに飽きて、いよいよ昼寝でもしようかと寝場所をさがしたときだった。

　目の前に、寝転がると気持ちよさそうな草に覆われた斜面を見つけた。

「こりゃいいや」

「待ってよ」

　珍しく代三郎が栗坊より先に草地へと走った。寝転がるつもりでいたのに、そのまま斜面を登った。

「あっ」

　登った先で眺望が一気に開けた。目に飛び込んできたのは、地平線までうねうねとした段丘がつづく一面の草原だった。天井の岩肌はいつの間にかなくなり、頭上には灰色の雲が龍《りゅう》のようにのたうっていた。

　栗坊が横に並んだ。

「大猫原だよ。やっと着いた」

「ここがそうか」

昼寝どころか、のんびりと眺めを楽しんでいる余裕すらなかった。

目に入ったのは草原だけではなかった。

ひとつ向こうの丘の上に、石と木で組まれた砦《とりで》のような建物があった。それが大猫さまの祭壇であることは一目で理解できた。

祭壇から何丁か離れた丘の上に魔物が陣取っていた。その手前の斜面は使い魔の群れでひしめいていた。魔物の身体から、黒い影が砲弾のように祭壇めがけて飛んでいる。これも使い魔たちだった。

宙高く飛んだ使い魔たちは、弾道を描いて祭壇へと突っ込んでいく。だが、どれも見えない壁に当たっては弾《はじ》き返され、地面にぼとぼとと落ちていった。

「こりゃ、まるで合戦だな」

弾き飛ばされた使い魔が、くるくると回転しながら代三郎たちの上にも落ちてきた。

「ふん！」と栗坊が神木でそれを叩《はた》き飛ばした。

代三郎も三味線をかまえた。颪が一陣、びゅうと吹いた。

「於巻のやつ、やるじゃねえか」

視線は祭壇の高いところに向いていた。

巫女《みこ》姿の於巻が大麻《おおぬさ》を手に、神力で宙に壁をつくっていた。

十一　大猫原

栗坊と二人で、一直線に斜面を下った。右に左にと使い魔たちが落下してくる。行く手を遮りそうなものは栗坊が払った。

右手に見える魔物は、すでに熊《くま》とも言えぬ異形へと姿を変えていた。大きさは内藤新宿で見たときよりある。

「魔物のやつ、でかくなってやがる」

「猫手池の神力を取り込んだのかもしれないね」

「あの汚れはやっぱあいつが触れたせいか」

底まで下って、今度は斜面を駆け上がる。魔物の目にも自分たちが入っているはずだが、まるで眼中にない様子だ。

丘の尽きるところに祭壇が見えてきた。階段状になった外壁に、見覚えのある形をした石像がずらりと並んでいた。招き猫の像だった。

像と像の間にある階段を上る。いったん回廊のような場所に出て、正面へと回り込んだ。ばん、ばん、と高いところで使い魔が弾かれる音がする。そのたびに宙に稲光のような光が走る。

「於巻！」

見上げた先に、於巻がいた。

中央の石段を駆け上った。まわりはすべて招き猫の石像だった。ただし寸法がでかい。神社の狛犬《こまいぬ》の倍くらいはある。

階段を半分上ったところの回廊で足を止めた。於巻がこっちを見た。

「代三郎さん！」

「待たせてすまない」

「そんなに待っちゃいないわよ」

〈間延びの道〉のことはあとで話すとしよう。

「魔物は俺と栗坊に任せろ」

栗坊はといえば、櫓《やぐら》になっている最下段の門の上にいた。合図ひとつで魔物のもとに突っ込んでいくといった感じだ。

「ここはわたしにやらせて」

答えると、於巻はきっと魔物を睨《にら》んだ。止められる雰囲気ではない。

振り向くと、魔物は使い魔たちとともに丘を下りてくるところだった。ここから見ると黒い雪崩《なだれ》が向かってくるようだ。

〈どこだ！〉

魔物の雄叫《おたけ》びが響いた。

〈大猫はどこだ！　大猫を出せ！〉

耳を塞ぎたくなるような大きな声だった。

「大猫さまはここにはいない！」

於巻が言い返した。

〈どこだ！　女はどこだ！〉

魔物は、大猫さまといた魔物退治の女もさがしていた。

「あんたの相手はわたしたちだよ」

迫ってくる魔物に於巻は大麻を向けた。

使い魔たちが押し寄せてくる。魔物は甲州街道を東上する間にどれほどの人を呑んできたのか、緑の草原がすべて黒く埋まっていた。

「栗坊！」

届け、と三味線の弦を弾いた。童子が弓を引く。神域の加護か、うなりをあげて飛ぶ矢が、二匹、三匹と重なる使い魔たちを一度に貫く。

「数が多すぎるな」

ここから見ていると、津波のような使い魔の群れに栗坊はいまにも飲み込まれてしまいそうだった。

が、祭壇の間近まで来た使い魔たちはそこで見えない壁に遮られた。ぶつかった衝撃で、宙に無数の稲光が走った。

〈おのれ大猫、出てこい！〉

しびれを切らした魔物が手近にいた使い魔たちをまとめてつかみ、投げつけてきた。

〈うおおおおお――――――――――！〉

咆哮《ほうこう》とともに使い魔たちが宙の壁に当たる。魔物は次から次へと投げてくる。そのたび、宙に危うい閃光《せんこう》が走り、気の壁が軋《きし》むような音がした。

「於巻、このままだと壁が破られるぞ」

あの数では栗坊一人ではとめられない。なにかもうひとつ力がいる。

ふたたび使い魔たちが壁にとりついた。そうはさせじと三味線をかき鳴らした。魔物の気を感じる。ずんずんと厚い気が押してくる。それを音で押し返す。間にある宙の壁に亀裂《きれつ》のような細い光が広がっていく。

「いまだっ！」

高いところから於巻の声がした。

声とともに、祭壇の石像たちすべてが猫へと変化した。三毛に白に茶トラにキジトラ、ありとあらゆる猫がいた。普通の猫と異なるのは大きさだった。どれもみんな虎《とら》のように大きい。

「やっちゃえ！」

大麻を振る於巻の号令に、数百はいようかという猫たちが「ニャッ！」と一斉に飛び出した。地響きを立てた猫の大群は、あるものは跳躍し、あるものは地面を素早く駆け抜け、使い魔の群れに襲いかかった。草原のいたるところで「ニャーオ！」「シャオッ！」と猫たちの鋭い鳴き声がする。使い魔たちの発する邪気に満ちた唸《うな》り声も響き渡る。

「ニャニャニャニャニャッ！」

「シャオッ！シャオッ！シャオッ！」

猫たちの動きは速い。そして力強い。前足で使い魔の顔を引っ掻《か》いたかと思えば、そのまま拳《こぶし》で殴るように脳天を打つ。反撃する使い魔の攻撃をぎりぎりのところでさっとかわして後ろ足で蹴《け》る。ぴょんと跳ねたかと思えば使い魔に体当たりを喰《く》らわす。

「うっそ？」

唖然《あぜん》とする代三郎に、於巻がにこりと笑顔を向けた。しかしすぐに表情を変えて魔物を睨みつけた。

〈猫風情《ふぜい》が熊神に逆らうかああ――――！〉

魔物は怒りをたぎらせて叫んでいる。

「神だってえ？　あんたは虫にも劣る外道の魔物でしょうが！」

いつの間にか於巻は大麻のかわりに薙刀《なぎなた》の柄《え》を握っていた。

「おい、お前……まさか」

突っ込む気か。あのばかでかいのに、突っ込む気なのか。

「栗坊、行くよ！」

於巻が叫ぶと、櫓に踏みとどまって矢を射かけていた栗坊が振り返った。

「待ってました！」

やめろと言いたい。栗坊は三味線の音が守ってくれる。けれど於巻はどうなのか。

生身であれに向かうのは無謀ではないのか。

いや、と思った。

　ここは於巻にも任せるべきだ。

　大猫さまはこの祭壇を、猫たちを於巻に託していた。それだけの力が於巻にあるからだろう。

「くそ魔物、覚悟しろ！」

　叫んだのは代三郎だった。

「俺の家をめちゃくちゃにしやがって、神社をぶち壊しやがって、ただじゃおかねえぞ！」

　魔物の赤い目が代三郎を睨《ね》めつけた。

〈なんだお前は？〉

「魔物退治だよ」

〈ふん。小物が〉

　内藤新宿で会ったことは忘れているようだ。本当に小物としか思っていないのだろう。

「小物でけっこう。でもこの三味線は大物だぜ」

　べ――――ン！と鳴らした。魔物がニタリと笑ったように見えた。

〈お前も大猫の手下か。ならば引きちぎってくれよう〉

早弾きに切り替える。櫓から栗坊が跳んだ。代三郎のすぐ横を於巻が薙刀を右に左に回転させながら駆け下りて行く。

二人はそのまま猫たちと使い魔たちが大乱戦を繰り広げる草原を突っ切り、魔物へと駆けてゆく。

「邪魔邪魔邪魔！」

立ちはだかる使い魔たちを於巻が薙刀で払う。その脇《わき》を栗坊が走りすぎる。それでも邪魔をしようとする使い魔に近くにいた猫が「ニャッ」と飛びかかる。

魔物が使い魔たちを投げつけてくるが、二人は素早くそれをよけてぐんぐん魔物との間合いを詰めていく。

祭壇の上で、栗坊と於巻の背を見ながら「届け！」と三味線をかき鳴らす。

早弾きをする手が止まらない。神域にいるからだろう。いつもより調子がいい。撥も弦も命が宿ったかのように手の動きに応《こた》えている。

「飛べ、栗坊！」

代三郎の声に、栗坊が跳躍した。ぐんぐんと飛翔《ひしょう》し、魔物の頭より高いところまで跳んだ。

「魔物、覚悟！」

神木を太刀に持ちかえた栗坊が魔物の頭頂部に切っ先を向けた。

〈小癪《こしやく》な！〉

魔物が栗坊を弾き飛ばそうと前足を振りかぶる。その前足の付け根を、地面を蹴《け》って魔物の懐《ふところ》に入った於巻が薙刀で斬りつけた。

〈ぐあっ！〉

前足は栗坊を外した。栗坊も狙いを外して魔物の後ろへ落ちた。背中に着地し、滑るように魔物から下りた。於巻も振り下ろされた前足をかいくぐって魔物から離れた。

栗坊が、太刀から弓へと武器を持ち変えた。

「おのれ、小娘！」

足の付け根からどす黒い血を滴らせながら、魔物が振り向いた。その瞬間、栗坊が放った矢が魔物の鼻や頬《ほお》に刺さった。

〈ふんっ！〉

魔物が力を込めると、矢がぽろぽろと落ちた。

〈そんなものではわしは倒せん〉

栗坊は聞いていないとばかりに次の矢を射る。魔物は刺さった矢を意にも介さず二人をふみつぶそうと前に出た。だが、栗坊と於巻の動きの方が速い。幾度も襲ってくる魔物の足をよけては、太刀で、薙刀で小さな傷を負わせていく。

〈このネズミどもが……〉

魔物が吼《ほ》えた。地響きのようなその声とともに突如《とつじょ》膨らんだ黒い煙があたりを包んだ。煙は栗坊と於巻も飲み込んだ。

「なんだ？」

離れたところにいる代三郎は見ているしかない。そこへ乱戦から抜け出した使い魔が向かってきた。弾け、と念じた音が宙に壁をつくり使い魔を止める。横からきた猫が使い魔に噛み付いて、そのまま祭壇の下へと転がっていった。

煙が流れていく。見えてきたそこに、かまえをとった栗坊と於巻が立っていた。

「二人とも無事か」

ほっとしたのもつかの間だった。二人の前にはもう一人、八尺はあろうかという大男が立っていた。長い髭に悪鬼の如き形相、熊の毛皮らしき羽織を身にまとった男は、関羽《かんう》が持つような偃月刀《えんげつとう》を振りかざし言った。

〈殺してやる〉

あの魔物だった。巨体のままでは不利と悟ったのだろう。姿を人型に変えて栗坊と於巻を討とうとしている。

〈神も人もお前たち大猫の手下も皆殺しにしてやる〉

「なぜそこまでする?」

　於巻が問うた。

〈知れたこと。人間どもは一度ならず二度までも我が妻子を殺した。一度目はわしが人のとき、二度目は熊のとき、どちらも自分たちの都合で殺した。狭量で欲深な人間どもはいずれ根絶やしにしてくれる。そのような人どもを護る神たちも許さん〉

　魔物は、ぶんぶん、と重そうな刀を振り回した。

〈が、その前に大猫めを引き裂いてくれる。わしをあそこまで愚弄《ぐろう》したあやつを切り刻み、千に割り、そのひとつひとつを石ですりつぶしてくれる。大猫とともにいた女も同じだ。わしをまるで子熊扱いしおった。許さん、許さん、許さん〉

「悪さしたのはあんたの方でしょう。狭量はどっちだろうね。許されて山に放ってもらった恩は忘れたのかい。息子さんのことはどうなんだい」

〈息子?〉

「そうだよ。吉十郎さんだよ。さっきも神社にいただろう。あんた、内藤新宿でやりあうまではどこの宿場でも吉十郎さんとだけは戦うのを避けていたじゃないか」

〈……そうか、あれは我が息子であったか。なぜか見逃してやっていたのは、そうか

そうか、息子であったからか。自分でも不思議だったのだ〉

魔物はおかしそうに〈ぐわははは〉と笑った。

「あっきれた」

於巻が栗坊に言った。

「このばか魔物、自分の息子のこともろくに覚えちゃいなかったみたいだよ」

どうやら魔物は、わずかに残る人としてのなにかを働かせて、吉十郎との戦いを本能的に避けていたようだった。

「ばかだからでしょ」

栗坊が冷たい目で魔物を見た。

「ばかは退治するほかなし！」

魔物が赤い目を栗坊に向けた。

〈小生意気なガキだ。首をはねてやろう〉

「さあ、はねられるのはどっちかな」

栗坊が答えたときには、魔物の偃月刀がその首めがけて宙を切っていた。

「おっと！」

まともに受けては飛ばされる。栗坊はとっさに背をそらし、攻撃をよけた。そのまま後ろに一回転し、姿勢を直した。

　魔物は第二撃を加えることができなかった。そのかわり、於巻の薙刀を偃月刀の柄で受けていた。魔物はすぐにそれを弾いて逆に刃を於巻目がけて振った。重さではかなわぬが速さでならとばかりに於巻も薙刀を振って応戦した。二度、三度、四度、五度、と同じように打ち合う。互いに一歩も引かない。

〈小娘、意外とやるな〉

　魔物は愉《たの》しげだった。

〈お前はどんなふうに切り刻んでやろうか〉

「魔物、大猫さまたちに封じられる前、あんたはいったいなにをした？」

〈なんの話だ。覚えとらん〉

「自分の恨みのほかはどうでもいいってことかい！」

　於巻の動きが一層速くなった。魔物も力で押し返そうとする。代三郎は固唾《かたず》を飲んでその様を見守る。

「あっ！」

　魔物の一撃を受け損ね、於巻の手から薙刀が飛んだ。

　すぐに栗坊が間に入り、魔物の相手をする。於巻もすかさず薙刀を拾う。今度は栗坊が魔物の偃月刀をまともに受けて吹っ飛ばされた。そこにまた於巻が突っ込む。見ているこっちははらはらものだ。

「……無理をすんな」

勝負は一瞬で決まりそうだ。こんな離れた場所で見ているのはもどかしい。自然と足が祭壇の下へと向いた。三味線を鳴らしながら階段を下りる。櫓を抜け、外に出る。使い魔たちを壁で弾き返しながら、前へ前へと進んでいく。魔物の動きを封じる。それにはもっと近づかねば。

ベンベンベンベンベンベンベン、と繰り返す音に周囲の使い魔たちが、見えない手にはたかれたかのように飛んでいく。

代三郎の目には正面の魔物しか入っていない。

強い魔物だ。これまで相対してきたなかで、間違いなくいちばんの強敵だ。

大猫さまは前に言っていた。

魔物には、それが多く現われる時期とそうでない時期がある。これから先、しばらくは魔物が増えるだろう。だからお前が必要なのだ、と。

実際、魔物は確実に増えている。増えているだけではない、こんなふうに強い魔物も現われるようになった。魔物が増えるのは世が乱れる魁《さきがけ》であると、大猫さまはそんなことも言っていた。それが真実ならば、この先、天下泰平の世が乱れるというのか。

わからない。

考えても始まらない。

やるべきことは、いま、目の前にいる魔物を倒すことだ。

栗坊と於巻は魔物の重たい刃を相手に幾度も打ち負けては地面に飛ばされ、そのたび立ち上がって突進している。二人とも呆《あき》れるほど勇敢だ。

魔物の側も偃月刀を振りまわすので精一杯でとどめの一撃を与えられずにいる。

――さすがもとは郷神《さとがみ》だけあるか。

ここは神域だ。並の魔物なら大猫さまの神力だけで力を封じられてしまうだろう。

実際、この魔物も一度はそうなった。

が、時がそうさせたのか、それとも怨念《おんねん》のなせる業か、あるいは下位とはいえ郷神であったがゆえの力か、この魔物は大猫さまの神域でありながらその神力の一部を己の力に変えたかのように力を増している。

――畢竟《ひっきょう》、神も魔物も紙一重ってとこなのかもな。

思いながら、代三郎は大声で呼んだ。

「おい魔物！」

近くまで来た代三郎に魔物が〈小物、斬られに来たか〉とニヤリと笑った。

「黙れ」

懐から新しい撥を抜いた。魔物を待つ間、神木から作った撥はひとつだけではなかった。

「喰らうがいい」

二つの撥を右手の指に挟む。

「ばあちゃん、見ててくれっ！」

早弾きを鳴らす。倍になった音が途切れぬ波となって魔物を包む。

〈むう？〉

魔物の顔が歪《ゆが》んだ。栗坊が太刀を浴びせる。左手に持つ偃月刀でそれを受けた魔物が右の拳で栗坊の腹を打つ。「うっ！」と栗坊が飛ばされた。

「魔物、観念おしっ！」

宙に舞った於巻が薙刀を真下に振り下ろした。魔物は素手で薙刀を払い、右の足で姿勢を崩した於巻を蹴った。

「於巻！」

草むらに転がった於巻は代三郎の声に応えない。腹を抱えた栗坊が立ちあがってのがわかる。

「うわああ――――！」と突きのかまえで魔物めがけて走っていく。刺し違える覚悟な
「くりぼおおおっ！」

弦を鳴らす。鳴らす、鳴らす、鳴らす。

魔物の偃月刀が栗坊の肩を打つ。が、栗坊が一歩はやい。太刀の先が魔物の太ももに突き刺さった。

〈おのれっ！〉

魔物の右手が栗坊の頰をはたいた。童子が草むらに転がった。

力の衰えぬ魔物だ。だが肩で息をしている。三味線の音が効いている。

気づけば、代三郎が魔物と向き合っていた。

〈得物もなしでわしに刃向かうか〉

「俺の得物はこの三味線だよ」

〈あの小僧や小娘なしでお前になにができる〉

「なにもできないよ」

〈…………〉

魔物はすぐには襲ってこない。襲うことができないのだ。

三味線の音が、魔物の動きを封じていた。

封じるだけでは倒せない。栗坊か、於巻か、矛となる者が立ち上がるのを待つ。

気のせいだろうか。音が増しているように感じる。倍になったはずの三味線の音が、三倍に、四倍にと増幅しているように感じる。

音がどんどん大きくなる。耳がどうかしたのだろうか。まるで自分が二人、三人、といるようだ。

〈……………ぐうう〉

魔物は動きを封じられ、もがいている。

栗坊が片足をひきずりながら代三郎の横にきた。

「栗坊、無理すんな」

「無理しなきゃ倒せないよ」

もう素早い動きはできないのか、太刀をぶら下げた栗坊が正面からゆっくりと魔物に近づいた。

刃と刃がぶつかり、火花を散らした。魔物も力を振り絞って受けている。

三味線の音がさらに大きくなった。「なんだ？」とようやく気付いた。

音が違う。

この音は自分の音ではない。似ているが違う。

気配に後ろを見た。小高い場所に吉十郎が立っていた。

「代三郎さん、遅れてすまない！」

〈きちじゅうろおおお――――――！〉

魔物が叫んだ。

〈お前は父の邪魔をするかあああ！〉

息子のことを思い出したらしい。

「お前などもはや父ではない。魔物よ、天罰を受けるがいい！」

吉十郎も叫び返した。

魔物の反撃に栗坊が退《さ》がる。こんなにも苦戦する栗坊ははじめてだ。

肩越しに聞こえた「はあ」という荒い息遣いに代三郎はそっちを見た。

於巻が薙刀をかまえていた。乱れた髪の下で、闘志に満ちた目が魔物に向いている。

「やらせて」

代三郎がなにも発さぬうちに於巻は言った。

「あいつはわたしがやらなきゃ」

魔物は於巻を見据えた。

〈娘、歳《とし》はいくつだ〉

「十七よ」

返答に、魔物が〈そうか〉と笑った。

〈やけにしぶといと思えば、お前はあのときの赤子だな。それ、わしがこれより上はないほど無残に引き裂いてやった郷神の女と魔物退治の男の子であろう。違うか?〉

於巻は唇を噛み、笑みを返した。

「……当たり」

〈わしが憎いか。父母を殺したわしに仇《あだ》を返したいか〉

魔物はニタニタしていた。

「違う!」と於巻が返した。

「仇討ちなどつまらない。それではお前と同じになってしまう。わたしはただ、父と母がかなわなかった仕事を子である自分の手でするまで」

〈きれいごとをほざくな〉

下卑た笑いが草原に谺《こだま》した。

〈お前はわしが喰ってやろう。使い魔にしてくれよう。最初の役目はそこの三味線弾きどもを殺すことだ〉

この魔物はなにを言っているのか。

「於巻、お前……」

目をまるくしている代三郎に「ということなの」と於巻は答えた。

「甲州街道に熊が出ているってときから、なにか引っかかってはいたの。吉十郎さんから話を聞いて、間違いないと思った。代三郎さんは三味線をお願い」

「ああ」

一瞬、緩んでしまった撥の動きをもとに戻す。吉十郎も横にきた。

音が重なる。万の蟬《せみ》が啼《な》くかのように音があたりを包む。広い草原だというのに、まるでなにかに反響しているかのような音の嵐だった。

――魔物よ魔物、消えるがいい。闇へと還《かえ》るがいい。

弾きながら念じる。頭の片隅では別のことが思い浮かぶ。

――ここはどこだ。俺はなんでこんなことをしているんだ。

七歳のとき、池にはまって大猫さまに救われた。子猫の栗坊と三味線を与えられた。

それから、神社に行くたび大猫さまと会うようになった。

ある日、こう言われた。

「お前に魔物退治の役目を授けたい。引き受けてくれるな」

こわいものは大嫌いなのに、なぜか「はい」と答えてしまった。

いまならわかる。

あのとき、「はい」以外の返事はなかったのだ。

言わされたのだ、大猫さまに。そうと気づかぬうちに、心を操られていたのだ。

「お前は、神力の器にちょうどいいのじゃよ」

不思議そうに首を傾《かし》げる自分に大猫さまは笑った。

「その、なにも考えない頭がちょうどいいのじゃ」

まるでばか扱いだった。

それでも、魔物と戦うようになって、ばかはばかなりに考えた。

これが自分の役目なのだと。

人にはそれぞれ置かれた場所での役目がある。百姓は百姓、商人は商人、役人は役人、親は親、夫は夫、妻は妻、みんなそれぞれの役目があり、誰もが生涯をかけてそれを全うするのだ。

だから、自分も魔物を退治する。

否《いや》も応もない。これは、誰かが背負わねばならない定めなのだ。

腹を決めてからは迷わなくなった。

不要な雑草を抜くように、手当たり次第に魔物を退治してきた。

けれど、心の内にはこんな思いもある。

雑草だって、本当は生きているのだ。

――魔物よ。

猛然と三味線を鳴らしながら、思った。

――お前の無念、お前の苦しみ、お前が抱えている怨恨《えんこん》……

音が重なる。幾重にも幾重にも、途切れることなく膨らんでいく音に思いを乗せる。

――すべて闇に還し、楽にしてやる。

魔物は顔をひきつらせている。〈ぐ……〉と呻《うめ》く声が聞こえた。

一瞬、閉じかかっていた魔物の目が大きく開かれた。なにを見ているのか。代三郎を見ているようでそうではない。吉十郎がいる位置とも違う。

〈於巻、栗坊！〉

三味線の音に乗って、背後から呼ぶ声がした。

〈やっておしまい〉

この声は、誰か。

「はいっ！」

於巻が草を蹴った。魔物が防ごうと、鈍い動きで偃月刀をふりかぶる。その懐に太刀ごと栗坊が飛び込んだ。

「ええええいっ！」

栗坊の刃が魔物の胸を貫いた。体当たりした栗坊はそのまま魔物を押し上げようとする。

「これでおしまい！」

声とともに於巻の薙刀が魔物の頭に届いた。刃が頭蓋《ずがい》を割る。その瞬間、白い光が魔物の全身に走った。

〈………がっ！〉

魔物は叫ぶこともできず、ずん、と倒れた。光のなかで最後まで残った赤い目が四散した。

光はみるみる小さくなっていく。最後は幼子のような大きさとなり、そこからまるで生まれたてのように小さい子熊が現われた。

子熊は、へたりこんでいる栗坊に近づいて鼻をくんくんと寄せた。「よしよし」と栗坊が子熊の頭を撫《な》でた。

於巻がふらふらとした足取りで代三郎に近づいてきた。手の薙刀が地面に落ちたところで、代三郎は倒れかかった於巻を抱き寄せた。

「大丈夫か?」

「うん」

「やつを滅さなかったのか?」

「……うん」

「無茶しやがって」

「ごめんね」

「いや、いいんだ」

於巻の肩越しに草原を見ると、すでに使い魔の群れも消えていた。猫たちは遊んだり草の上で寝転んでいたりと、思い思いに過ごしている。なかには祭壇に上って招き猫に戻っているものもいた。

「代三郎さん」

声に、振り返る。

もう一人の魔物退治が立っていた。

「吉十郎さん。助かったよ。あんたの助太刀がなければやられていた」

礼を言う代三郎に、吉十郎は「いや」とうかない顔で答えた。

「わたし一人の力ではなかった気がするんだ」

子熊が、栗坊のところから吉十郎の足元によちよちと寄ってきた。吉十郎はしゃがんでその背中を撫でた。

「誰か、わたしのほかにも三味線を鳴らしていたように感じるんだ」

「俺もだよ」

吉十郎と頷《うなず》きあう代三郎の耳元で於巻が囁《ささや》いた。

「村に戻ろう」

代三郎から離れると、於巻はしっかりとした足取りで祭壇の回廊に設けてある石の扉の前まで行って声を張り上げた。

「かしこみかしこみもうす。我らを俗世に戻したまえ」

声に反応し、扉が光を発した。

「じゃあね。みんな、ありがとう」

於巻は振り返ると、まだ草原にいる猫たちに言った。巫女の言葉に、猫たちはそれぞれ「ニャ」と小さく返事をしたり、尻尾《しっぽ》を振ったりして応えた。

代三郎と栗坊、吉十郎、それに子熊が来るのを待って、於巻が光の中へと入った。

眩さに細めた目を開くと、そこはもう猫手神社の洞窟の出口だった。

十二　猫の神さま

月が明けた。

あれから一ヶ月、江戸には平穏な日々が戻っていた。

地震で被害を受けた宿場町の復興は勢いよく進んでいるという。

瓦版《かわらばん》になった熊揺れは、天災を予知した熊が恐れをなして暴れたのではという話になっていた。熊の襲撃自体、実は瓦版にあったような大熊による派手なものではなく、せいぜいうっかり里に下りてしまって怯《おび》えた熊が町を走り抜けたといったことだったらしいと、いまでは誰もが知っていた。

「これだから瓦版ってのは信用できねえんだよな」

昼、茶を飲みながらぶつぶつ言っているのは佐ノ助だった。

「あんなもん鵜呑《うの》みにするおめえが悪いんだ」と笑ったのは初吉だ。

「親方だって信じてたじゃないですか」

「そりゃおめえ、与太《よた》でも法螺《ほら》でも乗った方が楽しいじゃねえか。俺は最初から熊が神社をぶっ壊したなんて話は信じちゃいなかったよ。ありゃあ、地震を熊に喩《たと》えていただけだってわかっていたさ」

二人の話を横で聞いていた清吉が「俺が思うに」と口を挟んだ。

「ありゃ大工が地震ですぐに倒れるような適当な仕事をしていたのを、熊のせいにしたんじゃねえか」

「清吉の言うとおりかもな。適当な仕事をする野郎ってのは俺たち石屋にもいるからな。そういう野郎のこしらえた灯籠《とうろう》なんか危なくて庭に置けたもんじゃねえよ」

「それが本当なら、熊もいい迷惑ですね」

佐ノ助の言葉に、年長の二人は頷いた。

「ああ、熊こそかわいそうだよ。俺たちには地面が揺れりゃ地震だってわかるが、畜生にはわけがわからねえだろうからな」

清吉が言うと、初吉も「まったくだ」と腕を組んだ。

喋っている三人のところに於巻が「おかわりいりますか?」と訊きに行く。三人は「いや、仕事に戻るよ」と立ち上がった。

店の奥の小座敷に寝転がって三人の話を聞いていた代三郎のところに、どこからか猫の栗坊がやってきた。

身を起こした代三郎の膝《ひざ》の上に栗坊がのってきた。その背中を撫でてやる。

「吉十郎さんも、今頃《いまごろ》、あの子熊を撫でているかもな」

一月前のことを思い出すと、代三郎は呟《つぶや》いた。

魔物を滅さずに子熊に変えたとき、於巻は神力で子熊が永遠に子熊でいるようにまじないをかけたという。

そう聞いた吉十郎は、子熊を山には放たずに自分で飼うことに決めた。おそらく今頃は小原宿の吉十郎の家で仲良く暮らしていることだろう。

魔物が浄化されたことで、猫手村で使い魔が起こした騒動は、人々の頭の中ではすべては地震のせいということにすり替わっていた。魔物の呪《のろ》いが解けたことで、甲州街道の各宿場で呑み込まれて使い魔にされた人々も大猫原にいた使い魔たちと同様に、それぞれもといた場所へと帰っていった。

猫手村にやって来た町方の役人たちは、伝蔵や盛平を前に、こう口上を述べたという。

「此度《こたび》の地震にて被害を受けた甲州街道筋の各宿場に猫手村名主の濱田家より茶を贈りたいと、猫手長屋家主の濱田代三郎よりそう申し出があったゆえ、救護の道中にて立ち寄らせていただいた」

代三郎を捕らえに来た役人たちは、いつの間にか当の代三郎の使いとして猫手村に来たことになっていた。

自らも地震の揺れを味わっていた伝蔵や盛平は、喜んで備蓄していた猫手茶を放出した。

伝蔵も盛平も、たえも慎之助も、代三郎が来たことはきれいさっぱり忘れていた。

代三郎も子熊を連れて小原宿に帰る吉十郎を見送ると、すぐに於巻や栗坊と三太の早足を借りて神田に帰った。猫手村のその後を知ったのは半月前のことだ。いつものように茶屋で出す猫手茶を運んできた慎之助から仔細《しさい》を聞いた。

倒壊した猫手神社の本殿や神楽殿《かぐらでん》は、新たに建てられることになったという。そちらは慎之助が陣頭指揮をとっていた。完成のあかつきには、例大祭のときの神事などでいつもそうするように代三郎と於巻が祭司を務めて落成を祝うことになっている。汚れたはずの猫手池も元どおりの澄んだ水を湛《たた》えていた。

「それにしても猫手茶を宿場の人々に振舞うと奉行所に申し出るとは、伝蔵さんも盛平さんも、今回は代三郎にしては気の利くことをしたと褒めておられたぞ」

慎之助にそう言われた代三郎は「えへへ」と笑うだけだった。

栗坊の毛を撫でていると、裏の戸から「旦那《だんな》」と呼ぶ声が聞こえた。長屋のおかみさんの誰かだった。

栗坊をのけて、「どっこいしょ」と立ち上がる。家の居間に行くと、戸の向こうにおとよの顔があった。

「ああ旦那、いましたか」

「おとよさん、どうしたね？」

「井戸に見かけない猫がいるんだよ。きれいな三毛猫なんだけど、ありゃ栗坊のお相手かね？」

「三毛猫？」

草履《ぞうり》をつっかけて井戸まで行ってみた。井戸の屋根の上に三毛猫が一匹、百年前からいるような顔でふんぞり返って寝ていた。その下でおたまたち長屋のおかみさん連中が井戸端会議をしていた。

「あ、この猫かい」

「知っているのかい」

おたまが訊いた。

「こいつにゃ気をつけた方がいいぜ。戸を閉めていたってこじあけて食い物を盗んじまう泥棒猫だからな」

「ありゃ、栗坊みたいないい子かと思ったらとんでもないやつなんだね」

おたまが「しっしっ」と手拭《てぬぐ》いを振った。おとよも「あっちにお行き」と追い出しにかかった。

猫は薄目を開けて「ニャア」と鳴いた。

「ばーか、って言っているよ」

「なんだって、猫のくせに生意気な！」

おたまはどこかへ消えると、今度は箒《ほうき》を片手に戻ってきた。猫はそれに気づくと屋根から飛んで路地の奥へと逃げた。代三郎はそれを見ながらけたけたと笑った。

おかみさんたちと少しの間立ち話をして、棟割長屋の脇を通って家に戻る。すると後ろから三太が来て「見てたんだけど、さっきの猫、なんなの？」と訊いた。

「ばか猫だよ」

「そうなの。なんかちょっとほかの猫と違うみたいだったけど」

さすがは座敷わらしだ。感じ取ったらしい。

「ついて来りゃわかるよ」

三太と一緒に家に入った。廊下を茶屋に戻ると、さっきまで代三郎が寝転がっていた小座敷に、七福神の誰かのような頭巾《ずきん》をかぶった白い鬚《ひげ》の老人がいた。横には童子の栗坊もいる。於巻は茶の準備をしていた。

「だーれが泥棒猫じゃ」

大猫さまは、代三郎の顔を見るなり言った。

「言い間違えたよ。大嘘《おおうそ》つきのばか猫だった」

代三郎の返しに、三太が「え、ひょっとしてこのじいちゃんが大猫さま?」と目を見開いた。

「いかにも。わしが大猫さまじゃ」

大猫さまは座敷わらしに細い目を向けると「ふぉっふぉっふぉっ」と笑った。

「やれやれ。いまごろになって来やがって」

腰を下ろして於巻の持ってきた茶を一口飲む。優しい甘みが口中を満たした。

「神無月《かんなづき》も終わったからのう。たまには顔でも出すかと思ったのじゃ」

「今回は大変だったんだぜ」

「ご苦労じゃったな、栗坊、於巻」

「別にたいしたことなかったよ」と栗坊がうそぶく。顔が笑っていた。

「そうそう。どってことなかった」と於巻もそれにあわせた。

「でも、ごめんなさい。大猫原を荒らしちゃって」

「なに。気にするな。あそこに誘いこむとは、於巻、お前はやはり賢いのう」

大猫さまは満足げに頷いていた。

「おい、俺にはなんにもなしかよ」

口を尖《とが》らせる代三郎に、郷神は「ふぁっふぁっふぁっ」と笑った。

「まあいいや」

ぷいとそっぽを向くと、大猫さまは「お前もよくやった」と、やっとほめてくれた。

「よくやったどころじゃねえよ。今回は死にかけたぜ」

それよか、と代三郎は本題に入った。

「於巻が郷神と魔物退治の娘だったなんて俺は知らなかったぞ。なんで教えてくれなかったんだよ」

口を尖らせる代三郎に、大猫さまは「ん?」ととぼけた顔を向けた。

「お前はそんなこと一度も訊いてこなかったじゃろ」

「そりゃそうだよ。まさか於巻を助けたのが大猫さまだなんて知らなかったんだから」

本当に訊きたいことはこの先にあった。ところがだった。

「なあ、十六年前、あの魔物を封じた魔物退治ってのは……」

そこまで口にしたところで、なぜか声に詰まってしまった。

あのときと同じだ。

大猫原から猫手神社に戻ったときだった。代三郎には吉十郎と話したいことがあった。

魔物を倒す直前、三味線の音が幾重にも聞こえた。

そして声がした。声は、栗坊と於巻に魔物にとどめを刺すよう命じた。

吉十郎も聞こえたというその声について確かめあいたかったのに、戻ってみると、どうしてか二人ともそれにはいっさい触れずに終わってしまった。

思い出したときには、すでに吉十郎は小原宿へと帰っていた。

同じように、於巻や栗坊に訊こうと思っても、なぜかいつも忘れてしまう。とても大切なことのように感じるのに、肝心なときに限ってそこから意識が離れてしまうのだ。

「なんじゃ？」

大猫さまが問い返す。栗坊と於巻は黙って代三郎を見ていた。三太はなんのことかわからないのだろう、目をぱちぱちさせていた。

「いや……なんだっけ。なんでもないや」

「わけのわからんやつじゃな」

大猫さまは「ふぉっふぉっ」と肩を揺らすと、「ときに」と於巻に顔を向けた。

「於巻、神力もだいぶ自在に使えるようになったな。いくつになる」

「もうすぐ十八です」

「そろそろ誰ぞに嫁いでもいい頃じゃのう」

「嫁ぐ？」

うむ、と大猫さまは口を結んで頷いた。そして、ちらりと横目で代三郎と栗坊に視線を走らせた。

――いきなりなにを言い出すんだ、このじいさんは？

唖然《あぜん》としている代三郎の横で、栗坊もわけがわからないといった顔をしている。三太はあいかわらず目をぱちぱちさせている。

「吉十郎はどうだ？」

「は？」と、これは全員の声だった。

「お前たちは同じ甲州街道筋の出じゃ。うん、それがよい！」

「へっ？」

素《す》っ頓狂《とんきょう》な声を出したのは誰かと思ったら、自分だった。

大猫さまは真面目《まじめ》な顔を崩さずに頷くと、決まりとばかりに手を打った。「大猫さま！」と栗坊が慌てた声を出した。於巻はというと、言葉も出ずにきょとんとしている。

「な、なにをいきなり」

やっと言い返した代三郎に、大猫さまが「なんてな」と笑った。

「嘘じゃ。冗談じゃ。からかっただけじゃ」

こ、このじじい。

「あ、お前いま、このじじい、どうしてくれようと思ったじゃろ？」

「思ったよ。思ってなにが悪い！」

むきになる代三郎を尻目《しりめ》に、大猫さまは「ふぁっふぁっふぁっふぁっ」と高らかに笑って、手元にある湯のみを口に運ぶのだった。

本書は、時代小説文庫（ハルキ文庫）の書き下ろし作品です。

文小時
庫説代
な 20-3

猫《ねこ》の神《かみ》さま❸ 神《かみ》さま不在《ふざい》の大熊《おおくま》あばれの巻《まき》

著者 仲野《なかの》ワタリ

2021年 1月18日第一刷発行

発行者 角川春樹

発行所 株式会社 角川春樹事務所
〒102-0074 東京都千代田区九段南2-1-30 イタリア文化会館

電話 03(3263)5247［編集］ 03(3263)5881［営業］

印刷・製本 中央精版印刷株式会社

フォーマット・デザイン＆シンボルマーク 芦澤泰偉

ISBN978-4-7584-4388-3 C0193

http://www.kadokawaharuki.co.jp/［営業］
fanmail@kadokawaharuki.co.jp［編集］ ご意見・ご感想をお寄せください。